けなす人

フランチェスコ・アルベローニ

大久保昭男＝訳

草思社文庫

他人をほめる人、けなす人――もくじ

日常的に出会う人　9

人の上に立とうとする人　55

社会を支える人 115

よりよく生きる人 153

日常的に出会う人

楽観的な人、悲観的な人

オプティミズムとペシミズムは、一見したところでは、本質的には同質のもので、しかも反対の長所と短所とをそなえているもののように思われる。オプティミストは、より行動的、積極的である。けれども、困難を実際よりも小さく見なし、危険な路上で思いがけないリスクを冒すことがある。これに反して、ペシミストのほうは必要以上に慎重で、多くの好機をむざむざ逃してしまうことにもなりやすい。要するに、両者を適度に混ぜあわせたところが理想のように思われる。

実際には、オプティミズムとペシミズムは、困難と未来に対する、たんに二つの姿勢というだけではなく、自分自身および他人との関わり方の二つの異なる態度でもある。

まずペシミストだが、はじめに述べたように、彼は未来に対して否定的なイメージを抱いている。しかも、人間についても否定的なイメージを抱いている。人間に対して最悪のことを予期している。人間を観察するときにはつねに最悪の資質、最も利己的で打算的な動機を見てしまう。ペシミストにとっては、社会は、悪賢くて頽廃的で邪悪で、周囲の情況をいつでも自分のために利用してやろうとかまえている人びとから成っている。頼ることなどできないし、こちらからの支援にも値しない人びとの群れである。

こういう人びとに何かの計画でも話そうものなら、たちまちありとあらゆる厄介や障害について聞かされるだろう。そしてさらに、たとえ首尾よく目的を達成したとしても、結局は苦渋《くじゅう》と幻滅と屈辱を味わうことになるだけだと思い知らされるだろう。たちまちにしてあなたは落胆し、気力を喪失することになるだろう。

ペシミストは異常なまでの伝染力をそなえている。たまたま、ある朝、路上で彼に出会おうものなら、彼はすぐさまその消極性と無気力を伝染させるだろう。彼は、我われの誰ものなかにあって、呼び起こされ、そそのかされることを期待している心の傾きを巧みにつかむことで、その狙《ねら》いを実現する。

我われの心の傾きの第一は、未来についての恐れと不安である。第二は、我われの生来の怠惰であり、動かずにじっと自分の殻のなかに閉じこもろうとする傾向である。事実、ペシミストは本質的に怠惰である。新しいものに適応するために努力するというようなことはしない。習慣を変えようとしない。起床にも、食事にも、週末の過ごし方にも綿密なしきたりを設けている。

概してペシミストは吝嗇《りんしょく》である。誰もが欲ばりで堕落していて人の隙《すき》ばかり狙っているのなら、どうして自分が寛大である必要があるだろうか（とペシミストは考える）。しかも多くの場合、彼は妬《ねた》み深い。彼に話させてみるがよい。彼は過去に自分のおこなったことを自賛するだろう。そして、しかじかの障害がなかったら、腐敗が介在しなかったら、無能な連中が自分より重用されるということがなかったら、もっともっと立派な仕事ができたはずだとつけ加えるだろう。

オプティミストに移ろう。ペシミストにくらべてオプティミストは純情・素朴に見える。人を容易に信頼するし、危険にもすすんで身をさらす。しかし、もっとよく観察してみると、彼とても他人の悪意や弱点を見てとっていることに気づくだろう。けれども彼は、それらが障害であるとしてとまどったりはしない。あらゆる人間には肯定的な資質があると信じており、それを呼び覚まそうとして努力する。

ペシミストは自分のなかに閉じこもり、他人の言葉に耳を貸そうとしないし、他人を危険な存在としてみる。これに反し、オプティミストは他の人びとに強い関心を寄せている。他人が自由に語るにまかせ、他人に時間を与え、彼らを観察する。そうすることで、誰のなかにも、称えるに値し、活用することのできる長所、肯定的な面があることを知る。こうして彼は、何かの目的に向けて人びとを結束させ、導くことができる。有能な組織者、優れた企業家、傑出した政治家は、すべてこの素質をそなえていなければならない。

オプティミストはまた、困難をもより容易に乗り越えることができる。それは彼のスタンスが新たな解決にいっそう開かれているからであり、不利な条件を有利な条件にすみやかに転換できるからである。ペシミストはまず困難を目ざとく見てとるが、それに怯《おび》え、すくんでしまう。情況を転換するにはちょっとしたファンタジーがあれば足りる場合が多いのに。

皮肉っぽい人、熱狂する人

ペシミストはすべてのものを灰色に見る。人がどんな話題について語ろうと、どんな計画を思いつこうと、彼はたちまちそこに否定的な側面を見てとってしまう。彼は自分の気持を砕《くだ》き、相手の気持も砕いてしまう。彼には信じるということがないから、相手の信じる気持にも水をかけてしまう。もし彼が芸術家であるなら、画商はすべて泥棒であり、批評家は腐敗しており、購買者の客は無知の徒だというだろう。何かのコンクールに関われば、審査がいんちきだというだろう。だから、すすんで骨を折ることも、努力することもない。計画を立てたり、労力を費やしたり、行動したりする甲斐もないのである。ペシミストは自身の空想や想像をさえも自由には振る舞わせない。

皮肉屋《シニック》も人間の善意を信じないが、ペシミストと違って、行動をする。人間という存在が夢想家で、無邪気で、偽善者で、野心家で欲張りで、卑劣で、ずる賢くて、恩知らずであることを彼は知っている。見栄っぱりで、おもねりを好むことも知っている。そして彼は、人間のこれらすべての欠点、これらすべてのさもしさを利用するすべも心得ている。皮肉屋は自分が善と悪を超越していると思っており、自分の目的を達するために人間の卑賤《ひせん》さ、人間の欠点につけこもうとつねにかまえている。彼はマキャヴェリストなのである。彼の基本的能力をいうなら、それは狡猾《こうかつ》さ、抜け目のなさである。彼は自分が忍耐強いことを知っている。廉直《れんちょく》で正直な人物には、つけいることのできる小さな欠点、弱点がつねにある。彼のほうでは、幻想を抱くことはない。友情をひけらかすような人物は信用しないし、そのときの都合でそうするのだと考える。皮肉屋は各種情念を操作する達人である。人びとを、彼の望むところへ導き入れることもできる。政治家たちの何人かはこのタイプである。彼らは世界をよくしようなどとは考えないし、そんなことは信じてもいない。彼らはつきしたがう人びとのなかの最低の部分を利用し、その人びとを自分らのシニシズムのなかへ誘いこむ。彼らこそ堕落の張本人である。

人間の第三のタイプは、熱狂しやすい人びと、熱狂家である。熱狂家は飽くことを知らない夢想家であり、各種企画の発案者であり、戦術・策略の創出者であって、それらが彼の夢想とともに他人に伝播《でんぱ》する。彼は盲目ではないし、無分別でもない。ときには解決不能な困難や障害があることもわきまえている。十の計画中の九つは失敗することも承知している。しかし、くじけることはない。はじめからやりなおし、もう一度くり返す。彼の心情は豊かである。代わりうる道筋、方策をたえず追求する。つまりは、可能性の創造者である。熱狂家は、人間が弱いものであることを知っており、悪が存在することも知らなくはないし、人間のさもしさも見てとっている。彼は幻滅するのも早いが、そのときにはすでに善を当てにし、それをめざす心を決めている。そして、周囲の人びとのなかの、最も創造的、最も健気《けなげ》な部分に訴える。その部分を活用し、それが果実をもたらすように促しもする。人びとの意に反してでも、そうすることでよりよくなるように無理強《じ》いさえする。そうすることで、人びとのなかの潜在的な力を目覚めさせ、それをより大きいものにする。そして、情熱とオプティミズムをもって勇敢に行動することで、世の事物は可能になることを人びとに示し、人びとを導いてゆく。

陰口をたたく人

しょっちゅう、誰かの陰口をたたいている人物がいる。しかもその陰口は、対象にされる側としてはなんとも対処のしようのないような、最も不都合なときにたたかれる。しかし、人びとは賢いから、そういう陰口にはいつも不信の目を向けてきた。陰口屋を災いの予言者と呼びもした。ところがいまの我われは、自身を賢明で合理的だと見なして、肩をすくめてみせるだけで、おまけに当の陰口屋に謝意を表明することさえしばしばである。その理由というのが、陰口屋は我われのことを気づかってくれているからだという。陰口屋は、公平で、誠実で、うそがないとさえ映る。しかし、そうとることで我われは誤りをおかしているのである。なぜといって、陰口屋というのは、心底から邪《よこしま》な意図をもって振る舞う、心理学的・社会的に特異な人物だからである。

誰であれあなたの友人が、あなたを苦しめることになるとわかっている情報をあなたに伝えなければならないときには、大いに慎重になり、最も適したときを待つのがふつうである。夜中に電話で告げたりはしないし、あなたが何かの試験を受ける直前に知らせたりもしない。スポーツのトレーナーは、試合に臨《のぞ》もうとしている選手に悪い話を伝えたりはしない。劇団の座長は、役者が冷静に戻るのを望むから、舞台が終わるのを待つ。総じて我われは、自分の愛する人びとを苦しめたり、平静を必要とする者の心を乱したりするようなことはできるかぎり避けようとするものである。

ところが、陰口屋はいっさいおかまいなしである。あなたがどんな状態にあるか、何をしているかということなど考えもしない。あなたを見かけるや否や、不快なことを口走る。内密の話であれば、夜にでも電話をかけてくる。朝起きたばかりのあなたに話を伝え、一日を目茶苦茶にしてしまう。あなたがうろたえて、もっとくわしく知りたがっていると気づけば、やりきれないような細ごまとしたことをさらに伝え、もっとひどいことになるかもしれないとほのめかしさえする。あなたは彼の個人的興味に惑わされて、これを思いやりと勘違いし、彼の興奮に欺《あざむ》かれて、これを彼が心から憂いを共にしてくれていると思い違いしてしまう。

ところが、陰口屋は、あなたにそれを話し、あなたがそれによってうろたえ不安になるのを見て喜ぶだけなのだ。他の連中があなたのことで口にしている悪意ある言葉を伝えるのが楽しみなだけの人物なのだ。あなたはいろいろな〝友人〟をもっているだろうが、そのなかのある人は、もちろんあなたを励まそうとし、あなたのためを思っているからだとして、あなたがあるポストではまあまあだが別のポストではまるで無能だと言われているとあなたに告げる。しかも、念入りにくわしく告げる。

実は、彼があなたにそれを人の言葉として伝えるのは、自身でじかに言う勇気がないからなのだ。実は彼はそれを言った人とまったく同意見なのだ。あなたの友人なら、本当の友人なら、あなたを弁護しただろうし、立腹もしただろう。ところが、彼は違う。彼はそのように振る舞うことで、そのことを口にした人びとの意見に全面的に賛成しているのであり、彼らに加担しているのである。

陰口をたたく人物あるいは他人の悪意を伝える人物は、彼の犠牲者を傷つけておきながら、いっぽうで縛りつけているのである。こういう人物の巧みさは、あなたのことをいかにも気づかい、関心を寄せているだけでなく、彼があなたにとってなくてはならない人のようにさえ思わせるところにある。いやな噂を聞かされ、自分が脅かされていると思う人は、情報や支援や助言を求めるものである。

そして、情報に通じ、自分に身近で、自分の問題に関心を寄せてくれていそうな人物にすがろうとする。即ち、同盟者であり救援者であるように見える陰口屋に助けを求めようとする。ところが陰口屋は、あなたの弱い立場をさらに弱いものにし、不安をさらに募らせるために、この情況を利用するのである。

ある人びとはそういう罠《わな》にかかって身動きがとれなくなり、監視人の手中に落ちることになる。それは、心気症《ヒポコンデリー》の患者が、不実な医者の奴隷にされ、恐怖を募らされるのに似ている。

陰口屋の支配のもう一つの手口は、罪の意識をつくりだすことである。この手口は、彼がその犠牲者と親密な関係にあるときに成功する。たとえば、妻、夫、父、母、息子といった関係の場合である。最も頻繁に見られ、最も知られているのは、妻が夫を不断に罪の意識に縛りつけておくというケースである。夫がデュッセルドルフとかアルジェリアとかの遠いところに出張でもすると、すぐに電話をかけて、子供の具合が悪くなったと告げる。それも、わざと曖昧《あいまい》な話し方をして、心配はないと言いながら、声の調子や息づかいで自分の不安が夫に伝わるようにする。夫としては手の施しようがないのだが、その心の緊張は不眠を招き、気の毒な妻を一人にしてきたことへの罪悪感ともなる。

こういうタイプの女性に支配されやすいのは、仕事のこと、金銭のこと、人間関係のことでつねに苦労があり、つねに不安な夫である。妻は夫に向かえば、未解決の問題を語る。夫とすれば自分が愚かで、無能で、役立たずだと思わないではいられない。

陰口屋は、結局のところ、ペシミストであり、人間というものを信じない疑い深い人なのである。親切も善意も信じない。彼の目の向くところすべてに、陰謀、策略、不実な企てを見出さずにはいられない。彼があなたに近寄り、不幸や悪意に関わる情報をささやくときには、彼は自身の目に入ったことしか話さない。それと同時に、あなたが彼の嫌う他の人びとと違わないことから、あなたへの腹立ちを吐きかける。そして、あなたを適当に操りながらも、あなたをろくな人間ではないと考えている。

浪費する人

ミルトンの『失楽園』のなかで、サタンは神への反抗の理由として、感謝の重みにもう耐えられなくなったからだと述べる。これは我われの誰にでも起こりうることだが、できるだけ快く、利害を無視して手厚くもてなした人物に、非難され攻撃されるということがある。

心理的な実験を一つしてみよう。仮に、我われがひじょうな金持で、貧民街の路上を歩いているものと考えてみよう。たまたま一人の若者を選んで、彼に勉学をさせ、その両親を援助し、彼にはモーターバイク、さらには自動車を買い与え、職業の面でもあらゆる方法で彼を支援する。しかし、あなたが彼を支援するのは、彼がそれに値するからではなく、もっぱらあなたの気前のよさによってである。その結果はどういうものになるだろうか？　惨憺《さんたん》たるものとなる。若者が、彼のおこなっていることと受けとるものとのあいだの関係を理解できないからである。しばらくして彼は、すべてが彼にとってまるで当然、正当なものであったように振る舞うことになるだろう。

　右のように行動したことで、あなたは教育の際のあらゆる関係の基本的ルールに反したのである。相手がそれに値しないときには、何物をも与えてはならないのだ。

　我われの欲求は、際限なく大きくなる傾向がある。我われは障害や試練にぶつかり、それを克服することではじめて欲求を抑えることを学ぶ。価値感覚を与えてくれるのはこういうものである。ある物の価値は、それを取得するために支払われた代価にもとづいている。堅固なブルジョア的伝統をもつ家庭はすべて、子供たちを倹約に慣れさせ、何かを手に入れるためにはそれに値しなければならないことを教えこむ。

　これと反対に、貧しい人が宝くじなどで大儲けしたりすると、ほとんどの場合、あっという間にこれを浪費してしまう。結婚にも同じことが起こる。裕福で著名な男（あるいは有名な俳優）が、貧しくて無名な女と結婚したという事例がいくつかある。そういう男たちは、自分の妻は貧しさに慣れているのだからこれからも謙虚で控え目で質素に暮らすだろうと思っていた。そのうえさらに、このように高い水準の生活に引き上げてやったのだからいつも感謝されるだろうとも考えた。ところがそれは見当違いで、ふつうこの種の結婚においては、貧しかった女性はたちまちにして狂ったように浪費をはじめ、道理や分別などに耳を貸そうともしなくなる。

もしも夫がそれに不満を抱き、離婚を請求したりすると、彼は膨大な額の慰謝料を払わせられるはめになり、しかも、ケチで残酷な男に台無しにされた一生などと称して週刊誌に売りこまれたりされなければ、それを幸運として天に感謝しなければならないような結果に立ちいたるのである。

それゆえ、誤謬《ごびゅう》または不品行はこのように厚かましく恩知らずな人物の側にだけあるのではない。誤謬は、単純で衝動的な気分と、与えることの単純な喜びにもとづいて与えた者の側にもあるのである。

これは、気前のよさや愛情への批判ではない。この世に愛他主義以上に美しいものはない。また、吝嗇《りんしょく》で貪欲な人物ほど味気ないものもない。しかし、気前のよさと浪費とを混同してはならない。後者は理由も根拠もなしに金を使い与えることである。浪費家は、他人の幸せも自分の行為のもたらす実際の効果も、本気で気にしてなどいない。

浪費家というのは、多くの場合、術策や欺瞞《ぎまん》あるいは危険な賭けなどによって労せずして金をつかんだ人びとである。したがって、その心中で、労苦と価値の関係が明らかでない人たちでもある。ふつう彼らは、追従者、たかり屋、彼らの浪費によって生活している者たちに取りまかれている。浪費家はこういう者たちの面倒はみるが、愛することはないし、邪慳《じゃけん》にあつかうこともある。彼らを軽蔑しているからである。しかし彼ら浪費家は、自分の周囲に群がる者たちが、いわばボスの高慢によってたえず侮辱され、圧迫され、傷つけられることで、密かな怨念、恨み、憎しみを抱いており、機会さえあればそれが噴きだすだろうということに気づいていない。

真の深い感謝の念、美徳としての感謝の念は、相手の寛容さと公正さから生まれるものだ。公正な心によって寛容である人は、他者の幸福に実際に心を用いるはずである。そして、公正な心から受けとる人は、自由でいることができる。人びとが他者に対して先入観なく公平であること、そして他者の願いを理解すること、他者のおこなうところを正当に評価することはかくもむずかしいのである。我われが他の人びとに望みたいのもこのことである。ここのところを寛容に我われに認め与えてくれる人こそ、我われの真の恩人である。

習慣を変えない人

我われは習慣によってしつけられ、育てられている。あれこれの動作について、しぐさについて、無意識におこなってなるべく骨折りのともなわない反応の仕方について、考え方について、すべてそうである。

習慣のことを考えるとき、私の胸に浮かぶのは、餌《えさ》を食べたばかりの一頭の大きなライオンである。ライオンは消化が遅くしかも消化力が弱いので、しばらく横になってうつらうつらとしていなければならず、そのときに邪魔をされることには耐えられない。ここで思い出すのは、習慣を頑固に変えようとしない人びとのことである。この人びとはふだんははなはだ愛想がいいのに、いつもの安定した規則を乱されたりすると、不機嫌になり、気難しい人に変貌する。

習慣というものはすべて、我われの肉体と我われの怠惰に従ってはじまるものである。肉体は満足を与えられれば、幸せになってくつろいで身を伸ばすが、我われの知性や意思のほうは、ちぢこまり、小さくなる。習慣に縛られた人物は、巨大な肉体と、もはやそれを動かすことのできない、ちっぽけな脳をもっているかのようである。なにしろ、肉体を道具として操るのは我われであり、我われの意思なのだから。知性を励まして成長させ、挑戦に応じさせ、それを打ち克たせるのも我われであり、我われの意思なのだから。

人生は、思いがけない、しかも予測不能な新たな情況へのたえざる適応のプロセスである。生き抜くためには、未知の小道にもあえて立ち入ることができなくてはならない。大多数の企てが失敗するのは、外部世界の変化に適応できないからである。我われは個人として、自分のなかの一部を捨て去り、別の展望をもって世界を見ることができなければ、肉体的にも精神的にも老いてゆく。それができれば、再生することができる。これは困難で厄介で苦しいことであり、よほど深刻な事情か、大いなる理想にでも駆られないかぎり、誰もこれに立ちむかおうとはしない。

きわめて深刻な契機となるのは、餓《う》えであり、失職である。これは、数百万のイタリア人を駆って外国へ移住させたし、今日では数百万の第三世界の人びとをイタリアに招き寄せている。この人びとはどんな仕事にも対応し、彼らの習慣、習俗を忘れ、我われのそれを身につけ、我われの言語をも習得している。彼らはより懸命にそれをおこない、生き抜き、成功する可能性をいっそう大きいものにする。

もう一つの契機は恋愛である。恋をする人物は新たな生活に直面することになり、自分自身と世界を変えようと欲し、自分が変わると同時に愛する人も同じようにしてくれることを求める。そしてふつう、恋愛が終わるのは、それまでの恋愛の熱狂状態のなかで消え去ったように見えていた従来の習慣がふたたび現れはじめたときである。

第三の契機は、何かの理想である。私が憶えているのは、我が国で重要な位置にある一人の人物で、彼は若いときには太っていて内気でぎこちない人だった。しかし、体をスリムにし、感じがよく、格好のよい人間になりたいと願っていた。そして、信じがたいほどの意志の力と鉄のような自己規制によってそれをやりとげた。さらに私が憶えているのは、一人の女性のケースで、小学校を出ただけの彼女は十八歳まで南部の田舎の一軒家に住んで、五人の弟妹の世話をし、日雇い農婦として働いていた。その後ミラノへ出て、昼は働いて夜学に通い、初級中学、上級中学、さらには大学までも終えた。そして、大学の助手となり、現在は四十歳で、ひとかどの専門家、さらには有能な作家ともなっている。

必要から、恋愛から、あるいは理想からこのように根本的な変化をとげた人のすべては、毎日毎日の辛抱強い努力によって、そして、舞台俳優のように、舞踊によって自分の体をととのえるバレリーナのように、たえず自身の習慣を抑制することによって、自分の期するところを成しとげたのである。まったくの〝自由意思〟に身をゆだねていたら、必ずや躓《つまず》いていたはずである。

しかし、現実には、こういった危険を誰しもが冒している。我われの誰もが自分の習慣の虜《とりこ》になるかもしれないのであり、前へ進むためには、幼児の新鮮な目で世界を見るためには、断固たる決意をもって、その習慣なるものを打ち壊す用意がなくてはならない。

ニヒルな人

歴史をたどってみると、教養と感性の面で二つのタイプの人間がつねに存在したことがわかる。造る者と壊す者である。畑を耕し、種を蒔《ま》き、収穫をする者と、それを奪うことで目的を達する略奪者である。都市の建設者と、草原から侵入してくる、貪欲で血なまぐさい遊牧民である。

中世には、ヴェネツィアやフィレンツェのような大商業都市の繁栄を憎み、芸術的な作品や建造物に火を放つことも辞さない個々人やグループが存在した。それはサヴォナローラや多くの審問官の感性であり、彼らはいたるところ、いたるもののなかに、悪、悪魔的芸術、腐敗、不純を見ていたのである。

十九世紀に、ニーチェは彼らの正体を見定め、これをニヒリストと呼んだ。ニヒルとはラテン語で皆無ということである。彼らが何物も望まず、事物が存在しないことを望んだからである。怨念（ルサンチマン）とそねみで胸をふくらませた彼らは、きわだつすべてのもの、好調で、健全で、幸せで、優越するすべてのものに反対する。こういう人びとは、右翼にも左翼にも、カトリックのなかも非宗教人のなかにも見出すことができる。それというのも、彼らの心性は反対者であることであり、かみつき破壊する能力だからである。右翼のニヒリストは反ユダヤ主義者であった。そのわけは、ユダヤ人がインテリであり、豊かであり、成功者だったからである。左翼のニヒリストは資本主義反対者であった。そのわけは、資本主義が富と豊かさと幸福とを生みだしていたからである。ファシストは、便利な生活を求めるかと聞かれると、「ノー」と答えた。そしてマルクシストは、ハリウッド、消費社会、ブルジョア的頽廃に反感を抱いていた。

ニヒリストは、満足している人びと、平和に安んじている人びとを見ると不機嫌になる。彼は、衝突、戦争、破壊にあこがれる。彼は自分が暮らしている社会が危機に陥り、破局の瀬戸際に立つと考えることができると、大いに満足する。彼は、それが何者であろうとつねに敵の側に立つ。

破壊的・ニヒリスト的心性は、それが一つの考え方であるから、いかなる政治的隊列のなかにも存在する。さまざまなコメンテーターを入念に対比してみられるがよい。ニヒリストは、肯定的評価、賛辞、建設的提案をなしえないコメンテーターである。彼らはかみつき、吠えたて、立腹し、自分の残忍さに興奮する。この種の人びとは、革命、全体主義体制、戦争などに際しては、彼らの気に入った側につく。教会内では、異端者や魔女にたいする迫害者や拷問者であり、ファシズム体制下では秘密警察のスパイであり、旧ソ連では政治コミッサールであり、反体制派を迫害し、収容所へ送りこむ秘密警察の能吏《のうり》であった。

今日のような、民主的で平和で、秘密警察など存在しない時代においては、見つけだされるかぎりのものを用いて迫害者向きの仕事が考案される。ある人びとは、情容赦のない、苛酷な裁きをおこなって、その思いを吐きだそうとする。別の人びとは、強奪的な金融活動に没頭する。

多くは悪の世界に生きているか、あるいはこの世界と関わりをもっている。他の者たちは、ある新聞に適当な仕事を見つけていて、作家や知識人や芸術家などにサディスト的な攻撃を加えている。この種の批評家たちは、彼らの手もとに届いたどのような作品であれ、彼らの言葉、彼らの文章でもって破壊してしまう。

作品が優れており、価値があればあるほど、いっそう彼らはこれに打撃を加え、痛罵《つうば》し、中傷・誹謗《ひぼう》する。その憎しみを火刑にして吐きだすことができないので、中傷・誹謗によってせめてその思いをなぐさめる。

こういったニヒリストは、あなた方の周辺に、あなた方の仲間のなかに、親族のなかに、偽りの友人のなかにいくらでもいる。こういう人びとに共通しているのは、あなた方の仕事に対する、あなた方が入念に、懸命につくりあげたものに対する敬意がまったく欠如していることである。彼らはそれを、一言でもって、一撃でもって葬り去ってしまう。そして、あなた方が苦しむのを見て満足する。

他人を認めない人

我われすべては、男性であるか女性であるか、若者であるか老人であるかを問わず、それなりの価値をもつことを必要としている。精神分析学者は、自身への尊敬、自己敬愛という言葉を口にする。しかし、誰も自身に価値を与えることはできない。価値はつねに他者によって与えられる。その典型は、母親から胸に抱きしめられ、キスされ、可愛いと言われることで、自分に価値があると心得ている幼児に見ることができる。しかし、こういう経過は一生涯、続く。そうする力があると思える人びとから尊敬され評価されていると感じることが、我われには定期的に必要なのだから。

しかし、それなりの値打ちのある承認は誰が与えることができるのだろうか。場合によるが、一部の人びと、あるいはある種の社会部門《カテゴリー》である。子供にとっては、彼が賢いと言ってくれるのが友人であっては十分ではない。その言葉は教師や父親から聞くのでなければならない。若い運動選手に自分への自信をもたせるには、父親では十分でありえない。彼にはトレーナー、コーチの評価が必要である。

恋をするときには、我われ誰しもが、一人の人物のなかに、人生と幸福の本質そのものを垣間《かいま》見る。このような場合に、愛する相手の評価と自分の愛があれば、自分以外の世界すべてに自信をもって立ちむかうこともできる。結論として言うなら、我われ自身の価値を認識するうえで左右する力をもつ二種類の人びとがいる。我われの愛する人と、専門的な特別の役割を担う人である。

家庭や企業のなかで生じる力、力学の大半は、承認されることへの欲求によって説明がつく。そして、その力の多くの形態は、承認を望ませておいてそれを与えないという、一部の人びとがもっている能力に依拠している。〝あなたに満足を与えない〟人びとというのが存在する。あなたが称賛とか賞とか同意といったものを期待していると気づくや否や、それをあなたに与えまいという欲求がその人のなかに発生する。

子供たちのあいだで見られるように、しばしばそれはたんなる戯《たわむ》れである。誰かが競争に勝ち、よい成績を収めると、他の子供たちは彼をほめたたえるのではなしに、からかいの対象にする。あるいは息子が学校で何かよいことをしたときに、たんに義務を果たしただけだと、にべもなく言ってのける父親がいたりする。

これと反対に、相手が友情や賛同を求めているのを巧みに利用して、相手に対する支配力を手に入れようとする場合もある。友人二人のいっぽうが相手に対して無関心で優越しているふうを装うといった、偽りの友情のかたちもある。すると相手は、友人の関心を引こうとし、友人らしい素振り、眼差し、温かい言葉をえようとして懸命になる。

こうした支配のメカニズムは、身近な人びとのあいだに定着している、互いに認めあうという自然な欲求を利用して、家族内でいっそうしばしば用いられる。ほめたり感心したりという言葉をけっして口にしない夫というものがときどきいる。妻は趣味のよい衣服をまとい、きちんと化粧をし、髪も隙なくととのえて夫の前に現れる。しかし夫は、無駄なことに金を使うなと言って、その支配をさらに強めようとする。

ときには、世間では相応に尊敬を受けている夫にたいして、妻が家のなかで、子供たちの前で敬意を表明することを拒む場合もある。その職業に関わる世界では、夫は成功者である。彼は世間から尊敬され、評価され、恐れられてさえいる。だから、彼とすれば、自分の家でも同じように遇されてしかるべきだと考える。夫がそうさせようとしてやっきになればなるほど、妻は夫の欠点を見つけだす。友人たちにそのことを話し、子供たちにもそれを教える。夫は世間では優れた人物でありながら、家庭ではつまらない男ということになる。こうして妻は夫を意のままに操ることができる。

しばしば両親は、子供たちに感謝を求める。夫婦が別居したり離婚したりしている場合には、互いに相手をけなすことによって自分を引きたてようと張りあいもする。

認められることへの欲求がどのように満たされるかは、芸術的・専門職業的・学問的生活の根本的な部分を形成する。何人かの批評家は、将来有望と見られていた人びとをすべて酷評することによって、自分の声望を確立した。しかし、企業内においても、けなしの方式を心得ている人物は、大きい権勢の獲得に成功する場合が多い。

社主一家の権威を失墜させることによって、その企業をほぼ手中にしたある人物のことを、わたしはいま想起している。彼は社業が困難な一時期を巧みに利用して、社主一家の愛顧を受けるようになった。彼は自分に影を落としかねない幹部や顧問をすべて放逐《ほうちく》した。そういうときの彼はつねに苛酷で厳しく、容赦なかった。どの人物のなかにも欠点を見つけだした。無慈悲なやり方で人びとを告発するためには、けっして機会を逃さなかった。何年にもわたって、彼の口から、ほめたり称えたりする言葉が発せられることはなかった。

こういうタイプの指導者は、初期においてはかなり成功することが多い。部下たちが彼に認めてもらおうとして懸命になるからである。しかし、やがて、そのなかの賢明な者たち、有能な者たちは、情況を悟って彼のもとを去ってゆく。彼のもとに残るのは凡庸な者ばかりとなる。

こうして、しだいに、企業そのものが無能・凡庸のなかに落ちこむことになる。これこそは、他者の価値を認めることを知らない者たちに共通の運命というべきである。価値を生みえないという運命。

自分の弱さを利用する人

礼儀正しさは、我われが他人に与えがちな不快感を最小限に減らし、人びとと調和して生きることを援《たす》けてくれる。我われは他人の問題に干渉しないし、もっともな理由なしに誰かに言葉をかけたりもしない。話す前にその人に挨拶をし、自分を紹介し、許諾を求め、詫びを言い、礼を述べる。

我われは他の人びとの振る舞いに極度に注意を払う。その意図するところを理解するために、相手の人びとを入念に研究する。新しい隣人はどんな人物だろうか。自分の同僚の本心はどうだろうか。こういった場合に、我われの心は要求が多いし、手厳しい。

いっぽうでまた、我われが判断を留保するような情況もある。子供、若者、困窮している人、無知な人を相手にしたときには、彼らを是認し弁護しようと努め、自分の腰を低くする。我われはこのとき、寛容なのである。

ところが、このように振る舞うことで、我われが犠牲者になってしまうことがしばしばである。どこで無知は終わり、挑発はどこではじまるのか？　子供たちは、すでに幼いときから、挑発の達人である。しくしく泣きながらも、どうすれば両親を苛立たせられるかをちゃんと心得ている。しかも、私の大きな傘の下から出たくないがために、この天《あま》の邪鬼《じゃく》はそのように行動するのではないだろうか？　私をかっとさせ、私を人種差別主義者のような人間に仕立てようとさえしないだろうか？　さらに、鼻歌をうたいながらアイロンをかけていて、新調したばかりのあなたのスーツを焦《こ》がしてしまい、「わざとやったんじゃありません」と強弁するメイドは、本当にそのとおりに悪気がないのだろうか？

弱い人びとは、その弱さを巧みに利用して、これを圧力の手段に変えることができる。そして、相手の寛容さにつけこむすべをも心得ている。

麻薬中毒者が自分の両親にありとあらゆるゆすり、たかりをおこなうというケースもある。麻薬中毒者は、欺き、ぺてんにかけ、奪いとるが、しかし、恐るべき口実《アリバイ》、麻薬という恐るべき正当化の根拠を有している。個々人では、彼に精神的、道徳的に抵抗することはできない。その抵抗は打ち砕かれてしまう。抵抗することができるのは、彼のような人びとのいる集団だけである。

他人の寛容を巧みに利用する弱者は多い。まずそれをおこなうのは、両親に対する子供たちである。しかし、両親のほうでも子供たちに同じことをおこなう。きわめて多くの母親たちは、息子に対して惜《お》しみなく尽くすが、やがて手中の愛人に対するように振る舞うにいたる。別の母親たちは、娘の罪の意識に巧みにつけこむ。自分をなくてはならない存在にするために全力を尽くすが、後で、娘がたえず自分に尽くすことを強く要求する。

弱くてもろい人物は善良だ、と我われはつねに思っている。ところが、そうではない。私の脳裏に浮かぶのは、少し頭が変になった老婦人である。一人で暮らしていたこの婦人に、私は同情を寄せていた。ところがほどなく、この老婦人は性根が悪く、ひどく残酷であることを私は知った。精神病者、老人はしばしば攻撃的である。実際よりもよく見ようと努めているのは我われのほうなのである。

自分をひけらかす人

人間誰しも、自分が然るべく評価されることを求めている。あるいはせめて、存在していることをみなに知られ、できれば自分の存在をたしかなものにし、無視されないようにすることを望んでいる。それはたとえば子供たちのなかにすぐにでも観察することができる。自分がなおざりにされていると感じたとき、子供は泣き叫んで自分に注意を引きよせようとする。成長するにつれて、自分を認めさせるための別の方法をあれこれと身につける。一クラスの生徒のなかには、優しさや親切さできわだつ子供がおり、勇敢さで人気をえる生徒がおり、冗談やざれ言や意地悪でめだつ生徒もいる。集団写真を撮るときに、頭に指で角《つの》を立てたりしかめ面をしたりする子供がいる。子供たちはしばしばふざけたり騒いだりする。自分でもって空間を満たし、そこにあふれようとする。小さいバイクの騒音でもって、谷あいの静寂を引き裂くようなことさえする。

子供のなかにはっきりと見てとれるものが大人には失われていることがよくある。なぜなら大人は、一見合理的な行動によって自分自身を主張するための戦術を隠しておくすべを学びとっているからである。たとえば、我われが入院しているとしよう。朝の六時には看護師たちが病室に入ってきて、声高に話しながら窓を開けたり、ドアをバタンと閉めたりする。粗末なホテルなどでは、メイドたちが廊下でおしゃべりをし、大声をあげさえする。街路では、左官や石工などが一階と六階で大声で呼びあったりする。誰もが、自分の客に対する、通行人に対する、あなた方に対する自分の重要性を確認しているのである。これに対してクレームでもつけようものなら、彼らは怒って、「こっちは仕事をしてるんだ」と答えるだろう。仕事は彼らの格好の言い分または口実なのだから。

ときには、家庭内闘争が生じることもある。はては離婚に終わったケースもある。彼のほうは、自宅で仕事をする、いわば知識人であった。妻のほうは精力的な女性で、いつも本の上にかがみこんでいる夫の姿にうんざりしていた。こうして、彼女は、おそらくはそのことを自覚すらしないで、キッチンで途方もないばか騒ぎをやらかすようになった。皿やコップがたえず割れ、椅子がひっくり返ったりした。そういう騒音をたてることで、彼女は自分の仕事が夫の研究に劣らず重要なものだということを誇示したのである。何の職業にせよ、それを専門とする者は控え目なものである。専門家としてのボーイは、客の背後をそうっと通り抜けるし、そうと気づかれずに客のグラスに酒を注《つ》ぐ。これと反対に、無能な女中ほど、主演女優のように挨拶をしながら入ってくる。その目的は、仕え、給仕をすることではなく、自分を顕示することである。あなた方も、どこかの主婦の客になった経験があるはずである。その主婦は気配りも十分で、ぬかりなく儀式ばっているが、客であるあなたをいっときもそっとしておいてくれない。あなたが他の客と知的な会話に熱中していると、飲み物か食べ物をもってきて、ぜひとも味わってほしいと強引に勧める。あるいは、客の誰かをとらえて、別の部屋へ連れていったりする。彼女にとって肝心なのは、人びとの関心が自分に集中することなのである。

パーティなどの席では、人びとは演じる人と観る人に分かれる。しかし、やがて役割が交替する。はじめしゃべっていた人は、今度は口を閉ざし、他の人が語る番にまわる。しかし、他人の話を聴くことをまったく知らない人びとがいる。つねに自分のことばかりを話し語り、話し疲れると、無関心になり、その場を立ち去ってしまう。こういう型の人物が二人いたりすると、不可避的に競りあいが生じることになる。それはしばしばフェアではないかたちで展開する。あるとき、あるパーティに、洗練された高名な詩人が招かれた。ところが詩人には、狡猾《こうかつ》で意地の悪い考古学者のライバルがいて、このライバルは婦人たちを集めてトランプ遊びをはじめ、きわどい言葉をしきりにふりまいた。たちまち婦人たち全部が彼を取りまき、興奮の叫びをあげはじめた。彼の大勝利！

果てしなく話す人

いつまでも話し続ける人というのもご存じと思う。そういう人は、話しはじめたときに、何事かをあなたに伝えようとしているように見え、やがて考えあぐねたように、言葉を探しているかのように話をとぎらせる。その間、彼は何かの動作をし、体を動かし、何かを手に取ったりする。あなたのほうは緊張し、耳を澄ませ、もっとよく聴こうとして彼のそばへにじり寄ったりもする。しかし、彼のほうは黙ったままでいる。やがて、何事もなかったかのように、さりげない口調でまた話しはじめる。そして、しばらくすると、思いが他所《よそ》へ移ったかのようにふたたび口を閉ざし、そのまま黙りこくる。これは、聴く者を苛立たせ、疲れさせる態度である。

私がその意味を悟ったのはほんの数日前のことで、テレビのどのネットワークだったか忘れたが、ボクシングの試合を見ていたときだった。その解説者はおおよそ次のように語っていた。「さあ、チャンピオンは前へ出ました。明らかに狙っているのは……。去年のラスベガスでのように戦っています。あのときには……。リングの中央にしっかりと立っています。あの位置からだと……レフェリーが両者を分けましたが、私の見るところでは……」

即ち、いつでも初歩的なことをまず教えておいて、それから、もっと重要で興味深い点に触れようとするかに思わせる。あなたのほうでは、彼がひじょうによく知っているのだろうと思い、どんなことを話してくれるのかと心待ちにしている。そうすることで、彼は自分に対する、自分の能力に対する、自分の権威に対する関心を引きつけ、すべての人を自分に心服させ、自分の言おうとしていることを待ち望ませる。果てしなくしゃべる人びとというのは、その誰もがこの同じ理由からそうするのである。自分という人格に対する関心を引き寄せるために、舞台の中心になるために。このことに関連して思い出すのは、スペインのボーイたちに接して何度か気づいた、ある行動である。彼らは自尊心が強く、客に対してとくに関心を向けたり恭々《うやうや》しく振る舞うことを恥としている。そこで、客のテーブルのあいだなども、フラメンコのダンサーのような尊大な物腰で通り抜ける。ぬかりのない給仕をすることは彼らにとってはどうでもよいことで、自分の肉体を誇示し、自分の重要性を示すことが肝心なのである。

ところで、果てしなく話す人というのは、それ以上の何かを求めている。相手の心を独占し、いわば己《おのれ》の植民地にしようとする。あなたが待ち望むのを期待して、わざと話を中断したりする。要するに、この手の人びとは、相手が遠くにいるときに電話をして、困ったことが起こったと訴えながら、それが何なのかは明かさず、帰ったときに話すという、あの種類の人びとに属している。あるいは、隠れたままで自分を探させる人びとの類いでもある。こういう人びとは、罪の意識を植えつけることにかけても、とりわけ長《た》けている。ときには、自分を犠牲者に仕立てることで、あるいはあなたの何かを咎《とが》めることで。そこであなたはそのつど説明をし、弁解をしなければならないはめになる。

果てしなく話す人、終わりなく語る人びとは、ふつう、終わりを知らない数々の行為をもあえてする。万事を入念に準備し、仕事に着手するための書物や道具を購入し、研究をし、そのことを口にし、自分の万能ぶりをひけらかす。ついで、他のことに移る。彼らの家はつねに物でいっぱいであり、彼らの生活は約束や期限のきた支払いでいっぱいである。他の人びとは彼らの動きやテンポに合わせなければならない。彼らによって生みだされたカオスには、誰も手出しをすることはできない。誰もが、彼らの指令、彼らの決定を待たなければならない。彼らは、何を望んでいるのか、どこへ行くのかも知らせることなしに、あらゆる批判を免れてしまう。他方、ことはけっして終わることはないのだから、彼らが誤ったなどと誰も彼らに言うことはできない。

こうして彼らは、ことさらの沈黙と混乱とによって、合理的で建設的な人びとへの支配力を手に入れ、彼らの気まぐれな彷徨《ほうこう》のなかに人びとをつなぎとめておくことに成功する。

未熟な人

我われはさまざまな人と関わりをもって暮らしている。多くの人に義務や責任を負っている。父親、母親、夫、妻、子供、さらには我われのために働いている人びと、我われがそのために働いている人びと、上司、同僚、我われに協力や支援を求める人びと、我われを支援してくれ、我われが感謝しなければならない人びと、等々。これらの人びととの関わりはしばしば微妙で厄介である。熟慮、慎重、巧妙さ、そして精力さえもが必要とされる。しかも、これらすべてを心に留めておかなければならず、どれか一つだけに意を向けて、他を無視するようなことがあってはならない。これらの複雑さを受けとめ、これらの厄介な問題を回避せず、できるかぎり真剣にこれに対応することこそ成熟というべきである。

自分に関わりのあるすべてのことについて責任を引き受けるという、そういう成熟は、その反対のもの、未熟を理解する助けとなる。未熟とは、人生・生活についての身勝手で幼い単純化のことである。

社会学的な観点からすると、これらのことすべては役割論によって説明することができる。役割とは、何らかの社会的な役割を占めているということのために、我われが果たさなければならない事柄である。現代の社会では、ただ一つの役割を果たすだけですますことができるのは、幼児だけである。学校へ通うようになれば、二つの役割を果たすようになる。両親に対する場合と先生に対する場合と、同じように振る舞うことはできない。

いっぽう、大人はすべて、いくつもの役割を果たさなければならない。ある人物は、たんに医師であるだけでなく、息子であり、父であり、夫であり、友人であり、親類であり、同僚であり、何かの共同体の、どこかの政党あるいはクラブのメンバーでもある。これらのそれぞれの役割は、それとつながりのある一つの精神的・道徳的世界をもっている。医師は、その職業に際しては情緒的に振る舞ってはならないが、夫としての役割においては逆にそのように振る舞うよう求められる。スポーツマンであれば、そのチームに参加するだろうし、何かの指導者としては、公平でなければならない。一人の人間としての成熟、精神的厚みは、これらすべての役割を柔軟にこなす能力にかかっている。

未熟な人物はそうすることを潔しとしない。彼はただ一つの役割に執着し、そこに全精力を傾注し、その第一人者にもなる。ここにいたって、彼は、他の分野でも、彼が何者でもありえないところでも、彼が何ひとつなしえない領域でも同じように評価されていると思いこむ。数学においても優秀であり、コンピューターの達人でもあるかもしれない。しかし、妻をも子供たちをも同僚をも理解することができず、その社会関係はすべて惨憺たるものになる。このように、あることにかけてはひじょうに優秀でありながら、精神的、情緒的には子供のままで、心の厚みをまるで欠いた人がいる。

しかし、こういう例ばかりではない。未熟にはさまざまの段階、度合いがある。たとえば、ひたすら自分の仕事にだけかまけ、仕事を自宅にまで持ちかえり、他の話題には興味を示さず、日常生活の管理や子供の世話は妻に任せきりという人物は未熟である。しかし、もっぱら家庭内生活だけに甘んじ、夫の仕事に関心を向けず、それを理解もせず、その生活や慣習を乱されるのをいやがる女性も未熟である。

こういうタイプの未熟は、感謝の気持の欠如というかたちで現れることが多い。ひじょうに深刻な問題を他の人びとに解決してもらったような場合でさえも、礼を述べないか、ほんの口先だけで礼を言う人びとがいる。こういう人びとは、感謝の心というものを知らず、挨拶をするために電話をするとか、食事に招くとか、世話をしてくれた人の誕生日に祝意を表するとかいうことは思い浮かばない。なぜなら、彼らはしてもらって当然のことを受けたのだと思いこんでいるのだから。

幼年期から青少年期への、さらには大人としての生活への移行は、よりきちんとした、しかもより複雑な精神生活に向けての困難な過程である。だから、誰にとっても、怠けて現状のままに留まり、他の誰かが彼の代役をしてくれるのを待つほうが遥かに安楽ということになる。

人の上に立とうとする人

他人を指導する人

人びとが思い描く所では、イスラム教徒の王カリフ以上に平安で至福の人は一人としていない。王の権勢はすべてに及ぶ。彼は周囲を庭園に取り囲まれた宏壮な館に住まっている。踊り子たちを眺めるか、ハーレムに憩《いこ》うかしてときを過ごす。夜は、ハールーン・アッラシード（在位七八六―八〇九、アッバース朝第五代カリフ。）のように、お忍びで外出して民衆の雑踏のなかに紛れこみ、新たなアバンチュールを求める。敵に脅かされることもなく、解決を要する難問もない……。ところが、歴史的現実においては、カリフの権力はつねに不安定なものであった。イスラムの王位継承法は、長子相続権を定めていなかったので、王位継承は、その権利を主張する兄弟間での内戦を通じて決定されることがしばしばであった。ひとたび権力を掌握しても、カリフはその後、王宮内の陰謀や外敵から自分の王座を守らなければならなかった。

権力というものは、たとえ獲得しても、けっして決定的なものではありえない。たえず獲得しなおすことが必要である。このことは政治体制のいかんを問わず事実である。それを獲得するための方法、脅迫の仕方、それを保持するための手段はさまざまである。権力が基本的に軍事力に依拠している伝統的な体制においては、外部に対する戦争と内部への物理的抑圧が真っ先にあげられよう。ローマ諸皇帝の権力は、カリフ、スルタン、封建時代の王たちのそれと同じく、前述の型のものであった。しかし、同じことは、革命によって成立した権力にも起こる。なぜなら、革命は内戦であり、本来的な暴力は、戦争のように（ナポレオンやホメイニを想起されたい）、あるいは血まみれの抑圧として（スターリンを想起されたい）、あるいはヒトラーの場合のように、それら双方をそなえたものとして展開するからである。

民主主義体制の下では、権力は、政治的動員、宣伝、説得、あるいは策謀によって獲得される。この権力が出会う危険も、本質的に同じものである。リチャード・ニクソンの場合がその好例である。彼は人気の点では申し分なかったのに、ウォーターゲート事件によって転落した。

しかし、民主主義国の大統領の権力が、オリエントの専制君主あるいはどこかの独裁者の権力よりももろいものだと結論するのは早計である。出会うことになる危険の型も、対処しなければならないジレンマの型も異なるのである。とりわけアメリカの大統領は、一定の秘密保持を必要とする対外政策をどのようにおこなうかという問題と、それと同時に、すべてを語るという問題とにたえず直面しなければならない。

しかしながら、権力はひとり政治の世界においてのみ不安定なのではない。あらゆる分野においてそうなのである。経済の分野でも、成功や声望の面でも同様である。これらの分野においても、民衆の想像あるいは空想は、先にカリフについて述べたのと同じ安定幻想に左右されやすい。民衆が思い描くのは、豪勢なビラに住み、長いバカンスを豪華なヨットクルーズで過ごし、若くて美しい愛人を何人ももち、忠実な何人かの秘書に簡単な指令を下せば足りる人物である大金融家である。また人びとは、俳優はパーティからパーティへと、情事から別の情事へと移って過ごしているものと想像し、信じている。だが、現実はまったく異なる。大金融家も大実業家も仕事に忙殺されている。こういう人びとは多くの場合、バカンスさえ取れない。大きなリスクをはらんだ問題を他人の手にゆだねることはできないからである。著名な俳優たちも、あらゆる型の障害を乗り越えることを不断に求められている。作家たちも自らの創造活動に没頭しなければならない。しかも、こういう作業は、一定時とか、夕方とか週末とかに終わるということがない。

現実には、のん気に習慣に頼っていられるような活動など、どこにもない。勉強をするとか、試験にパスするとか、仕事を探すとか、小さい企業を起こすとかいった簡単な活動でも、特別の熱意をもってそれに専念することが求められる。それに没頭し、骨身を惜しまず自らそれに取り組んでこそ、はじめて事態は打開されるのである。自分がしないことを他人がしてくれるなどと期待することはできない。何かの目的を実現しようとするときに気づかされるのは、他人が自分以上に敏速に動いてくれることはないということである。役人は我われをこの窓口から別の窓口へと平気で動かすし、その下僚たちも慣習化したテンポでしかことを運ばない。これらの、いわば抵抗を打ち破り、この種の人びとを、手を止めているほうが動いているよりもっと骨が折れるといった情況に駆りたてることが必要である。要するに、これが力であり、権力である。困難を克服し、罠《わな》を避け、のろまな者を引きずってでも行動することである。アメリカの大統領にも職人の親方にもこれが求められる。

何もしないで暮らせる人という、カリフや金融家や俳優について人びとが描くイメージは夢でしかない。宝くじに当選することを考える人びとが描く夢と同じである。誰かに尋ねてみるがいい。もしも不意に百億の金が転がりこんだらどうしますかと。答えはほとんどつねに同じである。働くのをやめて、世界旅行をし、優雅に暮らす……。我われは疲れているから、夢の楽園にでも至りついたかのように、富と力、休息と、あらゆる不安や気づかいからの解放を思わずにはいられない。

しかし、夢の楽園など、どこにも存在しないのである。宝くじの当選者も、そのように振る舞えばたちまち元の木阿弥となる。行動せずにひたすら待ち、努力せずに寝ている人びとと同じように。

部下に確信をもたせる人

何度か抱いた印象であるが、優れた指導者といわれる人びとは、それが政党の関係者であれ、教団あるいは企業の人間であれ、ある能力を共通にそなえているものである。それは、いっしょに働いている人びとに、重要な課題に参画しているという確信を伝える能力である。価値のある事業、全力投入に値する事業に関与しているのだと思わせる能力である。何ほどかの経験を有しているならば、人びとというものは企画に参与することを誇りに思い、骨惜しみすることなくそれに精力を傾注するものである。彼は、自己を弁護しようとするよりもむしろ、上役または同僚の批判を受け入れる気持にもなる。彼は企画が成功し進展してほしいという、強く深い願いを抱いている。これがしばしば、驚くべき成果をあげる。

こういう確信を協力者に伝えようと努める指導者はもちろんたくさんいるが、

それに成功する人は少ない。何よりもまず、指導者自身が深く確信していることが必要だからである。ひじょうに重要な人間のすべての営為の根底には、つねにインスピレーションがある。それは芸術作品の場合と同じである。それが欠けている場合、意志の力でそれを補ったり、それがあるふりをしたりすることですますわけにはいかない。そうした場合に登場するのは、インスピレーションのパロディでしかありえない。その結果生じるのは、いきりたち、興奮したマネージャーである。さもなければ、誇大妄想的なそれである。現実には、真にインスピレーションをえた人物は、不確かで控え目なものである。なぜなら、彼の自負やうぬぼれよりも重大な何かに関わっていると感じているからである。そのほかに、まっとうなインスピレーションには、深いおおらかさがある。指導者は、他の人びとにこのおおらかな確信を伝達する。とりわけ、実例をもってそれをおこなう。自信、とらわれない自由さ、尽力し努力する能力を語り示すのは実例である。

この精神が生きている企業や組織のなかでは、誰もが誤りを避けようとし、最善を尽くすことを心がける。この種の企業においては、人びとは自分への非難を聞くことはきわめて少ない。称賛を聞くことのほうが遥かに容易である。これに反して、ほめ言葉などけっして聞かれない企業もある。そういうところでは、他人をほめれば、自分が弱く見られると人びとは思っているのである。幹部は、無言のまま、冷ややかな、探るような表情で通りすぎる。そして、隙を見つけては批判し、非難する。称賛したり、能力を認めるような挙動を示すことはまったくない。ほめることは、何よりもまず、認めることになるからである。「よくやった」と言うことは、あなたがしたことについて礼を述べ、感謝をし、共同の作業へのあなたの貢献を認めることになるからである。ほめる能力が欠けていることは、そういう判断をする能力も欠けていることである。

解体に瀕《ひん》した企業でも、称賛の言葉は聞かれない。参加すべき共同の作業がもはやないのだから、全員の名において語れる者はもはや誰もいない。解体に瀕した企業は、細ごまとした土地のように、ばらばらの断片から成っている。各人は、誹謗、中傷、言い逃れをもっぱらとしながら、自分の領分だけを守ろうとする。

これに反して、企業の指向するところが明らかで、それに参画する人びとが重要な事業をおこなっているのだと自覚しているときには、称賛は自然となり、感謝の言葉も自然なものとなる。誰かがおこなった貢献を誰もが称賛することができ、このときリーダーは、この全員の承認を代弁すれば足りる。ある人物が特別に優れた業績によって、社会への貢献によって称賛される。けれども、彼が企業内で働いたというたんなる事実に対して向けられる称賛もある。たとえば、しばしば見られることであるが、リーダーがある部外者に対して自分の協力者たちを紹介する場合がそうである。協力者たちを紹介することによって、彼らを公けに称賛することになる。適切な言葉、ちょっとした身振りで足りることもしばしばである。それはあたかも、企業がそういう人物を抱えていることを誇りにしていると公言するようなものである。企業を経営する者の価値、彼の模範的ありようは、個々人のうえに影響を及ぼす。

こういった企業においては、リーダーが誰かを叱責《しっせき》しなければならないときには、人前でではなく、密かにおこなう。自分の協力者を辱しめたくないし、何よりも、他の人物たちのそれに乗じようとする心を強めたくないからである。人びとの面前での叱責は、日頃ねたんでいる者を喜ばせ、彼の競争心をさらに募らせ、それを伝染性にする。公然たる叱責は、モラルを低下させるだけでなく、企業全体を毒し、復讐心を伝播させることになる。

もったいぶった称賛や叱責を人びとの面前でおこなっても大丈夫だと思っている、自信たっぷりのリーダーたちがいる。そういうところへ行ってみると、誰もが息を押し殺している。誰もが、落雷または祝福を恐れまたは予期して、頭を垂れている。こういう情況は、全部の従業員を、気まぐれな教師あるいは横暴な父親を前にした子供の位置に置くことになる。彼らはすべて後ずさりする。しかも、こうしたことの結果、従業員間に内密の結束が生じ、それによって、リーダーのもとに偽りの情報や不正確なデータが届けられ、真実が彼に伝えられないといったことも起こりかねない。自分自身、自身の虚栄、自身の自尊心が最も肝心となったとき、人間という存在から信頼をかちとるのはきわめて困難である。

無関心もまた用をなさない。仕事に関与せず、人びとのなすに任せ、あるがままをもってよしとし、叱責もしなければほめることもしないリーダーは、無関心と士気喪失を招くことになる。従業員が求めているのは、企業とそこで働く者たちへの積極的な関心である。それさえあれば、多少尊大であっても、いくぶん誇大妄想的であっても、容認される。

なぜなら、関心の対象は彼自体ではなく、全従業員が自分をそこに一体化しうる共同の事業だからである。冒頭にも述べたように、優れたリーダーは、自身の協力者たちに、自分たちは重大なことをしており、価値ある事業に参画しているのであり、実現するに値する仕事をしているのだという確信をもたせるすべを心得ている。そうあるためには、より野心的な人物は、逆説的ながら、自我を殺し、共同・集団の結果を優先させなければならない。

専制的な人

一つの政治階級の凋落《ちょうらく》の原因の一つ、頽廃に向けて徐々に落ちこんでゆく原因の一つは、そのリーダーたちが協力者を集めるその仕方と、協力者たちとのあいだに結ぶ関係にあるとされてきた。政党が創立されてまもないとき、即ちまだ活発な運動をしているときには、それへの加入者はひとりでに下部から現れる。各方面から熱心な活動家が馳《は》せ参じ、会合をもち、討論をし、骨身を惜しまず尽力する。この人びとのあいだで、自然に新しい指導的な人物たちが現れて、リーダーを取りまく指導グループを形成する。この歴史的局面において、リーダーはコンセンサスをもって統制する。彼は加入者たちのなかに立って、その声を聞き、彼らと議論を交わし、目的とするところは何であるかの説明を根気よくくり返し、決議が集団的におこなわれ、全員の心からの賛同をえられるように努める。

しかし、時の経過とともに、組織は肥大し、思想的な衝撃力は弱まり、権力と利益のポストが形成される。この時点で、優れた民主的なリーダーと専制的なリーダーの差が明らかになる。これは、たんに政治の世界においてのみでなく、公私を問わずすべての組織、協会、企業においても意味をもつ区別である。

民主的なリーダーは、権力を掌握した後においても、コンセンサスの下に統治するように努力する。彼は努めて集会を催し、そこでは全員が意見を述べられるようにし、協働することを学べるようにする。不一致が現れるのも意に介さず、やがては互いを近づけ、融合させる。全員を直接に、個人的に識《し》るように努め、全員と個人的な関係をもつようにする。野心的な人びとを統御するためには、利害関係から最も遠い人びとに依拠する。こうして、徐々に、最も有能な人物たちが選別される。

これに反して専制的なリーダーは、そうすることが可能になるや否や、人びとと会議をもつことをやめてしまう。説得や説明に時間を費やすこともはやしない。あらゆる決定権を自分の手元に集中する。イエスマンばかりが彼を取りまく。彼はかつての仲間たち、とりわけ優れた独自の見識を備えている仲間との関係を絶ってしまう。この時点で問題が発生する。批判はすべて排除し、自分はつねに正しいと考えるようになるからである。こうして道徳感覚は麻痺し、いかがわしい人物――文字どおりのやくざ――の助力の下に途方もない行動も起こすにいたる。しかも、そのやくざたちは、彼の秘密に通じているから、彼を脅迫して権限を自らのものとする。彼らをおとなしくさせておくためには、好きなようにさせなければならない。かくして、いたるところに腐敗が蔓延する結果となる。

聡明で有能な人びとでさえも、ほしいままにできる権力の座に就《つ》くと、とかくコンセンサスのとり方を忘れがちになり、専制的な方法に傾くのを見るのは、まことに興味深いことである。人びとがそうなりがちなのも、自分一人で決定を下すのは、最も簡単で、速やかで、容易だからである。独裁者は他の人びとをすべてをたんなる手段と見なして、しかも、すべての価値、功績は自分のものであると思いこみ、自分を実際よりもずっと偉大だと考え、あたかも超人のように思いなすのである。

実際には、大きな事業はつねに集団的な作業であり、それに参画する頭脳と傾注する目と流入する情報がより多く、目的に向かっての全員の意見がより活発であるほど、よりよい成果がえられる。リーダーは、このプロセスを方向づけ、導き、推進するが、彼自身その一部であり、表現なのである。もしも自分が構成要員の一人であることを忘れ、一つの機能を果たすことをやめてしまえば、現実との接触を、したがって分別と理性を失うことになる。専制、独裁の最たる振る舞いはつねに——ナポレオン、ヒトラー、ムッソリーニ、ソビエト帝国の圧制者たちに見たように——孤独と狂気の下でおこなわれたのである。

コンセンサスをつくれる人

責任者の立場あるいは指揮をする立場に立ったときに、対立や衝突を激発させてしまう人びとがいる。たちまちにして、すべての人びとと衝突し、おまけに、他の人びととのあいだにも対立、衝突を誘発し、人びとを争い、口論にまでいたらしめる。もしもそういう人が、合議のうえで決定をおこなわなければならない会議や評議会の議長であれば、その場の雰囲気はいっぺんに耐えがたいものとなるだろう。

誰かが何かの提案をすると、たちまち他の人びとがそれに反対をする。やがて全員を巻きこんでの罵《のの》りあいとなり、何ひとつ決まらない。

これと反対に、対立や衝突を解消してしまう能力をそなえた人びとがいる。そういう人は、誰とも衝突せず、しかも他の人びとのあいだの対立、衝突をも解消させてしまう。こういう人たちの司令の下では、会議であれ評議会であれ、たとえ長時間の討議の後であっても、全会一致の決定を見るのがふつうである。

前者に属する人びとは、なぜそのような破局的な結果を招いてしまうのだろうか。どうして問題を研究しないのだろうか。どうして、仲間、同僚たちと話しあわないのだろうか。どうして全力を尽くさないのだろうか。いやいや、彼らの過誤はむしろそれとは反対のものなのである。

彼らはすべての問題を自分の肩に背負いこみ、あらゆる事柄を自分のこととし、つねに自分の意見を主張し、それを通すために奮闘する。そうすることで、一人また一人と離反させ、しかも人びとの胸中に論争の傷跡、怨恨《えんこん》を残す。また、進行形の対立があったりすれば、それを和らげたり、部外に立って妥協を促したりするのではなく、いっぽうの側に立ち、対立を激化させたりする。

こういう人びとに欠けているのは、意志でもなければ知性でもない。彼らの多くは、とくに攻撃的でもないし、衝動的でもない。彼らにめだつ特徴は、自身を確認し、あらゆる機会、あらゆる関わりにおいて、自分が存在しており、有意義で有益で重要な存在だということを誇示したいという過度に強い欲求である。彼らは、自分が存在しないこと、力を失うこと、消失することを恐れている。他の人びとが彼ら抜きで事をおこない、合意し、彼らを必要とすることなく取り決めをすることを恐れている。

絶対に必要とされる人物などはどこにもいないことを知らなければならない。合意や能力を生みだす人びとはそのことを心得ている。そういう人びとは、一つのグループ、一つのチームが達成すべき目標をはっきりともっていれば、結局は全員がその達成のために力を貸すことを知っている。

誰でもが、自分が重視され、自分の貢献が評価されることをもっぱら願っている。指導する者は人性のこの自然な傾きを利用しなければならない。誰でもがその思うところを洗いざらい語ることができると確信させ、他の人びとに語らせなければならない。全員が真剣に聴いてくれるよう、求めなければならない。誰もが語るべきであり、誰もが熟考し、反省すべきである。そうすることによって、悪しき提言はひとりでに排除され、優れた提言が浮かびでる。提言はリーダーによってではなく、個々人のイニシアチブでなされるのが最も望ましい。やがて、望ましい解決策が見出されたときには、リーダーはそれを取りあげ、評価し、全体的なコンセンサスを生みだすべきである。もしも、ひじょうに強い反対があったり、何かの誤りが明らかになった場合には、延期を提案するのがよい。

独裁的でなく、集団的な組織のすべてにおいて、リーダーは、それぞれの派閥を超えた存在として、目的とその明確さの、注意深くしかも確固とした保証人であることが本質的なこととして望まれる。これと反対に、リーダーたる者が他よりも上位であることをやめ、他の人びとの一員となり、他の人びとと対立したり競合したりするときには、グループは中心を失い、分解してしまう。

けっしてほめない人

我われの誰しもが、認められ、称賛されることをつねに欲している。それは食べ物や水のように必要なものである。しかもそれは、我われにとって重要な人物によって、あるいはそれをおこなってしかるべき組織や機関によってなされるのでなければならない。学校に通う子供は母親から「えらいね」と言われるのを聞きたがっている。しかし、母親のほめ言葉だけでは子供には足りない。子供は教師の評価も欲している。

我われ誰もが、何かの仕事を達成したときに、多くの審査機関――それぞれ別個の、しかもしばしば不一致の――の評定をつねに期待する。我われは、困難な課題に真剣に取り組み、それを達成し、成功をかちとり、すべての人びとからの喝采《かっさい》を博しながら、最も期待している人びとからはそれをえられないということがある。しかもその人びとは、万事承知のうえで、故意に称賛を拒むことで、我われを苦しめ、我われを操り、我われを苛立たせ、あるいは無力感に陥らせて泣かせようとする。

専制的なある人物を思い出す。彼は多くの人びとから尊敬されていたが、自分の息子から快い挨拶を受けることはできなかった。息子はこれ見よがしに父親にそっけなく応対し、父親はそれをたしなめることができなかった。また、一人の非凡な企業家のことが思い出される。彼は世界各地に工場を建て、さらに豪華なビラを建てて、そこへ、実業家、芸術家、政治家、知識人等の知りあいを招こうとした。だが、その願いは果たされなかった。彼の妻が、夫がつねに旅に出ており、気候は最悪であるとこぼし、たえず夫を非難して、客たちを悩ませたからである。

人間は気まぐれで、しばしば邪悪である。この点では、子供も例外ではない。両親のほうでは喜びや満足を期待しているときに、子供は泣き、地だんだを踏み、別のものがほしいと言い募る。それが両親の失望や怒りを招くことを子供はちゃんと承知している。それこそ彼の期するところなのである。両親の楽しかるべき夕食の席を台無しにし、姉妹の誕生祝いを目茶目茶にしてしまう幼児の振る舞いには、誰でもがお目にかかっている。

この邪悪な心がどんな働きをするかは、信じがたいほどである。幼児であろうと、若者であろうと、大人であろうと同じである。あらわな行動に示さず、言葉にも出さず、このように無言のかたちで我われのおこなう復讐の量は信じがたいほどに多い。我われが他人にこうむらせる無用な苦しみの量は信じがたいほどに大きい。我われの学校には、一年間の学期を通じて、大いに努力をし、教師の話に熱心に耳を傾けた生徒に対して、「立派だぞ！」とただの一度も言ってやれない教師が山ほどいる。そういう教師らは、これこそ厳しさであり、しつけであると思いこんでいるが、その実、自分より弱い者に向けての鬱憤晴らしにほかならない。

何事にも満足せず、いつも眉をしかめていて、他の人びとをひどく落ちつかない気分にさせているリーダーがいる。しかも当人は、自分が強力で、欠陥がなく、優れていると思いこんでいる。そこには、不正に、ルールのない権力に、羨望から生まれた意思に傾いていく酔いがある。

しかも、この種の悪意が募り、ことを為そうとする人びとを誰もが妨害するという、不幸な時代というものもある。そこでは、最良の人びとさえも、まっとうな仕事によってではなく、羨望者たちとの激しい闘いに精根尽きはててすべてを投げだしてしまうことにもなる。

おべっかを使う人

政界や業界や大学などの実力者を取りまくグループのなかには、凡庸な、惨めなほどに無能な人びとがしばしば見られる。当然、有能な人びとが彼らを信頼し、複雑な仕事を任せ、外部に対するスポークスマン、代表者として振る舞わせることは不可能に思われる。

そういう徒輩が実力者につきまとうことによって出世していく手法は、とりわけ大学でよく見ることができる。典型的なのは、学問的にはまったく無能だが、つねにこびへつらい、何にでもすぐに従い、つねにイエスという助手の場合である。実力者は助手がつねに身辺にいることから、厄介な用件を彼におこなわせることに慣れ、知らず知らずのうちに、彼なしにはすまないようになる。ついには、より適任の、有能な人物を後まわしにして、その人物に講座をもたせるにいたる。

政治の世界には、つねに多数の取りまき志願者がいる。顧客のない弁護士、仕事のない建築家、貧乏している知識人等である。彼らは実力者を、辛抱強く、執拗に取りまいて離れない。あるとき実力者の政治家が、一人では処理の困難な問題に出会う。そして、取りまきの一人に顔を向ける。待ってましたとばかりに、その人物は引き受け、用件が何であるかさえも問わない。火のなかへでも飛びこむ勢いである。こうして、関係が生まれる。実力者は彼を評価していないが、仕事に使う。彼を買ってはいないが、彼を身近に置くことに少しずつ慣れてゆく。時とともに、彼に指図されるようなことさえ起こる。あまりに多くの秘密を彼に握られてしまったからである。

しかし、別の場合もある。自分の周囲に、あまりに聡明であまりに自律的な人物を集めることを恐れる実力者もいる。そのなかのある者は独裁的傾向が強く、反対されることを好まないからである。他のある者は誇大妄想的で、称賛され崇拝されることが好きだからである。また別のある者はひじょうに用心深く、有能な人物はついには彼に影響を及ぼし、指図をするまでにいたり、彼の権益の一部を冒しかねないことを知っているのである。さらに別の人物は、たんに怠惰からである。彼は自分の輩下とあれこれ議論するのを好まない。最も安楽なのは、凡庸な連中をつねに周囲に配していることである。

取りまきはこのようにしてつくられる。主君の館は取りまきの家であった。そこには、主君の家族、近親者、召使い、吟遊楽人、廷臣らも居住していた。今日でも、権力の所在するところには、たとえ小規模なものにせよ、つねに宮廷はつくられている。そこには、血縁者、少数の側近と、それと、これにはいささか参るが、かなりの数の廷臣もいる。

最も有害なのがこの廷臣たちである。彼らは、かりにそれができるとしても、考えることを放棄してしまった連中だからである。彼らの関心は、もっぱら自身のポストと、労せずしてえられる報酬にだけ向けられている。それが誤っていると思えたとしても、彼らの君主の判断に反対したり楯《たて》ついたりはしないほうがよい。いつもイエスと言うがよい。

現代の企業は、それとは逆の組織原則にもとづき、宮廷への対立のなかで生まれた。支配人はその能力にもとづいて選出され、企業に利潤をもたらし、企業を繁栄させるかぎりにおいてその権力を維持する。そして彼は、彼を支援する能力をもつすべてのエキスパートを活用する。つねに最善を求め、凡庸を嫌う。

しかし残念ながら、この種の企業においても、この黄金の法則がつねに踏襲されるとはかぎらない。多くの支配人は、知能、批判、文化的活力を恐れている。だから、愚鈍で卑屈な部下、文字どおりの廷臣、一般に機知も面白味も持ちあわせない連中を自分の周囲に配している。

成果だけを重んじる人

何人かの協力者を擁するときに、何よりも為されたこと、成果を重視するリーダーがいる。別のリーダーは、労働に費やされた時間を重視する。前者は自分の協力者の肉体的振る舞いには関心を向けない。彼が自分の席から動かずにいるか、デスクに広げた書類から目を離さないか、トイレに立つ回数が多すぎはしないか、あるいはあまりにたびたびコーヒーを飲みに出るのではないか、といったことは意に介さない。このリーダーにとっての関心は、結果がよいか、作業が迅速におこなわれたかどうかということなのである。つまりは、協力者が自主的で、困難に打ち克つことができ、リーダーをわずらわすことなしに不測の事態にも対処できるかということである。

これと反対に、もっぱら肉体的振る舞いだけを気にするリーダーがいる。彼にとっては、部下というものは、作業の姿勢をとっていなければ、背をかがめていなければ、作業をしていなければ、たえず彼のもとへ指示を受けにくるのでなければ、働いていることにはならない。あるいは、支払いをきちんとしてくれるよう顧客を説得するのがいかに大変であったかをリーダーに語り、あるいはでたらめで納期を守らない納入業者のことを彼の前で嘆いてみせるのでなければならない。

この二つのタイプのリーダーは、労働行為について大きく異なる見解を有している。前者は労働行為を職業的能力として受けとめており、協力者から職業的能力を買いとるのである。反対に、後者は労働力を買い入れる。前者にとっては、この職業的能力が八時間でなく六時間で実現されたとしても、それは関心の対象にならない。後者にとっては、そのことはきわめて重要である。なぜなら、労働者は、その全一日を彼に買われているのだから、労働時間をさらに二時間彼に捧げるべきだからである。

労働行為を労働力とする考え方は、はるか昔のものである。地主は農夫の労働力を〝朝から晩まで〟買いとり、彼の輩下の監視人は、農夫がうねの上に身をかがめてほんとうに作業をして汗を流しており、そのふりなどはしていないよう、目を光らせていなければならなかった。マニュファクチュア工場も同じ原理をもって生まれた。企業主は労働者の全労働力を買いとり、それを最大限に搾取しようと努める。この場合には、生産性の算定は遥かに容易である。作られた製品の数を数えればよいのだし、流れ作業では、生産のピッチを測ればよいのだから。

こういう古風な精神構造は、今日多くの人びとが働いている事務所にも見られなくはない。人びとは自分の体力をなるべく節約して消費するように心がける。監視されていると思うときにだけ作業をする。厄介なことは先送りし、遅れについての弁解をつねに用意し、熱心すぎる同僚にはブレーキをかける。

このような状況下では、労働者は平均生産性のレベル以下に身を置こうとたえず努めるようになる。もしもそのレベルを超えたりすれば、雇用者はそれを既成の事実と見なし、その後もそれを要求するようになる。要するに、この状況下での結果は、ひじょうに低い生産性ということである。

しかしながら、現代世界では、革新的・創造的な生産性・活性が基本的に重視される企業がある。たとえば、研究センター、広告代理店、マーケティングサービス、新聞、テレビ等があげられる。ここでは、雇用者は本質的にいって結果・効率を買うのである。この場合、もしも労働者が八時間でなく四時間でことをすませ、雇用契約時には想像もされなかった新しいものを考案したとしたら、どういうことになるだろうか。当然に、彼は給与が増え、昇進するだろう。だが、いつもそうとはかぎらない。もしも全員が——そう、全員が——その積極性と創造性をもって同様のことをしたならば、事態は不断に改善されるだろうか。職階制はつねに厳としてあり、報奨、報酬は不断に上昇するわけにはゆかない。そう、こういう場合には、従業員は、自主権、責任あるポスト、権限、個人的名声といったもので報奨されるのである。事実それらは、企業の内部では、尊敬される専門家の立場をもたらす。この場合には、高い生産性を生みだそうという集団的な刺激が生じ、人びとは期待されるレベルを多少とも超えようと意図するようになる。

農民的・手工業的な、あるいは反復的な作業からなる古いタイプの企業では、従業員はできるだけ少なく働こうとし、企業に対して債権者のような姿勢をとる。創造的な企業においては、従業員は可能なかぎりの力を発揮しようとし、自分が企業から信用される存在であろうとする。金銭で支払われる信用でもあるが、何よりも、尊敬、自由、個人的信用、自主裁量の権利をともなう信用である。前者型の企業で育ったリーダーが後者型の企業に移ったりすると、大失敗を引き起こすのがふつうである。他の人びとが自由な姿勢で生みだしたものを、彼のかたくなな姿勢で自らの所産のように主張し、人びとの意思・意欲をそいでしまうからである。しかも、ときに、すべてを破綻させることも稀ではない。

他人を引きたてない人

他人をいつもうまく引きたてる人びとがいる。他の人びとは自身を引きたてることしか考えないのに。その見事な例はいくつかのテレビ放送に見ることができる。あるいは、科学の分野にも。ここで思い起こすのは、エンリーコ・フェルミ（一九〇一―五四、イタリアの理論物理学者。一九三八年にノーベル物理学賞受賞）だけでなく、マヨラーナ、セグレ、アマルディ（三人ともフェルミの門弟、協力者。いずれも高名な物理学者）のような、〝〈ローマ・グループ〉の若者たち〟の全部である。

これと反対に、芸術的・知的な高い才能をそなえているくせに、けっして他人を引きたてようとしない人びともいる。そういう人びとは、自分自身のこと、自分の成功、自分の名声にしか関心がない。観劇などの場合でも、自身は招待されただけの立場なのに、我がもの顔に振る舞い、他の人びとを無視してしまう。

この種の人びとの一部は、協力者の取りまきをつくることもできるし、学校や効率のよい組織を設立することなども心得ている。けれども、この人びとのやり方では、そのなかの誰一人として、きわだったたり、その個性や思想を明らかにしたり、成功を収めたりすることはない。生徒や弟子を選ぶ際にも、彼らは、あまりに明敏でなく、独創的でなく、創造的でない生徒を選ぶように意を用いる。従順で、勤勉で、凡庸な人物を好む。大学教授のなかのかなりの数の人びとは、この種のタイプである。なぜなら、彼らは、才能の点で自分が日陰の存在になってしまうことを恐れる師匠の弟子だからである。

こうして我われは、この種の人物の心情を構成する第一の要因、即ち、誰かに追い越されることへの恐れ、を指摘することになる。若くて有能な人びとにはすべて、積極的に競いあおうとする潜在力が見られる。前記の人びとはこういう若者を可能なかぎり、自分の成功のために利用し、搾取しておいて、それから彼の前に障害を設けはじめる。もしも若者が自由になろうとし、独力で歩もうとすると、これを迫害する。市場原理がはたらいているところでは、このメカニズムは機能しない。しかし、もっと一般的な分野、たとえば演劇界では、競いあおうとするあらゆる若い力を踏みつぶす能力によって、その独占的地位を保っている恐るべきモンスターがいる。

一般に、他人を支援しようとしない人物は、たんに自己中心的であるだけでなく、そねみの念に毒された人でもある。用心深く、いつでも作動しようとかまえているそねみ。

このタイプの人びとは勇気にも欠けている。しかし、その臆病さを隠すことも心得ている。大仰な言葉を口にし、やたらに憤慨し、激しく非難するが、自分をさらすことはしない。人を先に立てておいて、ことがうまく運ばないとみると、自分は姿を隠してしまう。もしもうまく運べば、それは自分の功績だと主張する。卑劣なのは恐れる者ではない。卑劣なのは、勇気ある人びとを楯にして身をかばい、その人びとを犠牲にしておいて、それを否定する輩である。

他人を引きたてることを知らない人びとは、一般に、他人の言葉に耳を貸さない。聴いているように見えるときでも、実際には、口をつぐみながら、何か気のきいた台詞《せりふ》を考えているのである。そして、相手の考えや要望などはまるで無視して、自分がさっき話したところからまた話しはじめる。こういう人びとにとって唯一関心があるのは、自分自身、自分の能力、自分の価値をめだたせることだけである。

何かに成功でもすると、自分を他の誰よりも優れているものと考える。私の知っているある人物は、ある国際的な成功を収めた後、すべての友人、すべての弟子を徹底的にこきおろして、こう述べた。「私はもう君たちには用がない。君たちは私の過去の生活に属する人びとだ」と。

しばしば、こういう人びとはカムフラージュをし、身を隠す。そういう人物を見破るためには、何でもよい、彼に関係がなく、他の誰かに関係のあることを話題にしてみるがよい。それも、巧みに話すことが望ましい。すると、せいぜい五分後には、彼のほうで話題を変え、彼自身と、彼のおこなったことに関心を移そうとするだろう。あなたの病いについて物語れば、彼は彼の病いについての信じられないようなことをあなたに語るだろう。あなたが自分の企業について語れば、彼の企業の素晴らしさをいやというほど聞かされるだろう。旅行についても、試験についても、災難についても、そのほか何についても同様である。

臆病な人

勇気は何かをはじめることの美徳である。その反対は、何もしないことであり、隠れることである。それは恐れではない。勇気ある人も恐れはもっている。しかし、それに打ち克ち、世界の不確実さに立ちむかって前進する。そういう跳躍のできない人、テロルに怯える臆病者が我われに呼びおこすのは、軽蔑ではなく同情または憐憫である。

次いで、慎重派がいる。彼はリスクをできるかぎり小さいものにしようとする。現実を探らないかぎり、それを十分に見きわめないかぎり、彼は動こうとしない。我われは、あまりの慎重さを前にして苛立ってしまうこともある。しかし、彼が首尾よく失敗を避けたときは、我われは彼の慎重さを美徳と見なす。

そして、できることなら我われが出会いたくないと思う、気力の欠如がある。

それは臆病である。臆病者は自分の恐れを隠そうとする。恐れを隠し、しかも恐れを巧みに利用して、そこから利益と権益を手に入れ、他人に損害を与え、彼自身はそれによって利益をえる。

臆病者にもいくつかのタイプがある。しかし、これらの人びとは、心の深いところに共通したものをもっている。その第一は芝居気である。危険がないとき、決断を必要としないときには、臆病者は自信ありげに振る舞う。あれこれの成功を自慢しもする。成功を誇張し、大げさに話す。自分の力量、権勢を強調し誇示する。しばしば、知に長《た》けた、抜け目のない人をもだましてしまう。

ところが、勇気を必要とする行動を起こすときがくると、彼は避難し、身を隠し、あれこれの困難をもちだす。どうしようもない障害や、自分への策謀や、政敵や、なんとしても防がなければならない陰謀があるなどと言う。現実を変えてしまい、我われにはうかがい知りえない架空の世界をつくりあげる。

何かについて語らなければならないときにも、けっしてその全容を明らかにはしない。自分の成功や値打ちの数々を並べたてておいて、ことがうまく運ばなかったのは他の誰々のせいだと言い添える。まるで、結果などどうでもよく、賛辞を受け、責めを避けることだけが肝心だといわんばかりである。自分の父親、自分の息子、最良の友を非難することも平気である。事態がどこへ向かおうとも、自分自身、自分のアリバイ、自分の評判の確保だけを考えている。

臆病者は自分が口にした言葉を尊重しない。いともあっさりと約束をしておいて、あとは我関せずである。彼にそのことの釈明を求めると、数えきれないほどの障害、恐るべき困難の数々を並べたてる。「いやきみ、全力は尽くしたんだよ。きみには想像がつかないだろうけれど……」。我われのほうが彼にそれほどの問題を引き起こしたことを申し訳ないと思うにいたるまで、彼のその釈明は続く。彼を相手にしては、我われはつねに借り方であって、貸し方ではありえない。

彼が権力をもつと、自分の輩下を辱め、卑しめる。輩下の誤りを強調するのも、それによって奮起させるためではなく、押しつぶすためである。しかも、それを公然と、他の人びととの前でおこなう。俳優たち、とくに、年をとっていて反抗することのできない老俳優たちを、ステージで罵《ののし》っていた映画監督のことを思い出す。しかも、周囲には、彼に拍手を送る取りまき連がいた。彼はこの拍手に満足し、いっそう残酷になった。

臆病な人物は、拍手を求め、承認を欲している。そのために、彼は輩下を押しつぶす。輩下が反抗し、彼に対決し、彼を非難し、その正体を暴露するのを恐れるが故に。

臆病者は、自分の恐れを隠そうとする小心者である。強者を前にすると、卑屈になり、すぐに屈服する。しかも、自分が強くて有能なふりをするときに用いる喜劇役者のあの芸でもってそれをおこなう。

しかし、臆病者が何よりも恐れることがある。それは仮面をはがれることである。彼が不断に努力してつくりあげ、それによって生きているまやかしを誰かによって公然と暴かれることである。それ故にこそ、彼は、見かけではなく結果を重視する、真に勇気のある強い人物に出会うとき、恐れを抱く。そういう人物の前では、自分が裸にされると感じるからである。そういう相手を惑わすことはできないと知っているからである。

臆病者が恐れるもう一人の人物、それは妻であり、あるいは夫である。つまり、ふだんの家庭生活のなかの彼を知悉《ちしつ》している人物である。だから、ふつう、そういう人物を前にすると、彼または彼女は仔羊のように振る舞う。

だらしのない人

　何をやってもけっしてやりとげられない人びとがいる。何かをはじめるが、中途で他のことに移り、それも中途でまた別のことに手をつける。結局、それらの〝しなければならないことすべて〟が、手が届きかけていてしかも終わっていないということになる。やりかけの仕事は場所ふさぎになるけれども、他の人には事情がわからないので、かえって混乱をますことが目に見えており、手を出すことができない。彼らの家や事務所は、とっくに決裁ずみでしかも未完の書類その他でいっぱいになってしまう。ついには、誰も立ち入ることのできない迷宮《ラビリント》と化する。

　同じ場所に暮らしている人びとは、まるで自分らが邪魔者であるかのように行動しなければならないので、とまどい、困惑する。手伝おうとして何かに触れれば、たちまち咎められる。だらしのない人というのは、一般に、落ちつきがない。混乱し、興奮し、熱狂的に動くのがふつうである。しなければならないことが山とあり、仕事に忙殺されているという印象を人びとにいつも与える。他の人びとは、彼の異常な活力に衝撃を受け、ときには彼の精力を称賛しさえする。そして、彼の邪魔をしたこと、彼に新たな障害を設けたことをすまないと思う。こうして人びとは身を引き、口出しをやめ、片すみに引きこもる。

仕事をけっして成しとげられない人というのは、その周囲に混乱を生みだし、このなかにあってことの次第がわかるのは彼一人である。誰一人、彼を支援することはできない。したがって、誰一人として、ほんとうに彼の役に立つことはできないし、彼なしに重要な何かをすることも不可能である。彼一人だけが、混乱を招くことなしに彼の領域で行動することができる。どんな小さな決定であれ、決定することができるのも彼だけである。けっしてことを成しとげられない人物は、すべての権限をその手元に集中する。

これはあらゆるレベルで起こる。家庭では、主婦がそのときどきのための不可解な秩序を設け、そこでは彼女が用品、道具の置き場をたえず変えるので、誰にも何ひとつわからない。夫も息子も家政婦も勝手なことはできないし、それをすれば叱責される。これは家庭内専制の最も単純なかたちである。

しかし、同じようなことは事務所でも起こる。その典型的なケースは、他人にはわからない、とりわけ自身の好みによる個人的な配置・配列で事務のいっさいをとりしきっている秘書の場合である。この迷宮では、誰にも何ひとつわからない。そこには絶対的に彼女がいなければならない。こうして彼女は、不可欠な、かけがえのない存在となる。

どのように仕事に着手すべきかをけっして明示しないリーダーがいる。事務所に現れる時間もまちまちであり、思いもかけない時間に、ときには夜間にいきなり会議を招集したりする。通知を受けない者は、決定・決議から排除されてしまう。しかも事実上、正式な手続き抜きにである。たとえリーダーが親しげで友情ある振る舞いを示すとしても、全員がこのうえなく不安定な気分で過ごすことになる。外見は人がよさそうでありながら、こういうリーダーは、実際には、独占欲の強い暴君である。無規律を介して、彼はすべての部下・協力者をすべての決定権から排除し、彼らをたんなる執行者に変えてしまう。

〝規律がある〟ということは、他の人びとにも理解できるということであり、他の人によっても実行できるということである。無規律とは、他の人びとには不可解であり、他者には代行しえないということである。

複雑さは関係ない。どれほど複雑であろうとも、体制に秩序・規律があるならば、解決にいたるための確実な方策、誰でもがおこないうる方法はつねにある。事をけっして成し終えない人物、規律をもたない人物は、権力・権限を独占して、ほかのすべての人びとを決定から排除してしまう。

おそらく、決定をおこなうための最良の方法は日本人のそれである。関与するすべての者が決定に参画し、その後の執行にも責任をもつ。長である者がたとえすでに腹案をもっているとしても、彼は決定が集団的に、全員の合意の下になされることを望む。こうして、全員が十分に理解し、同意して、ことは速やかに執行される。しかも、誰もの作業が交代可能である。

これと反対のものに、我われイタリア式の官僚主義、権威主義がある。ここでは、決定は〝権力中枢〟のみでおこなわれなければならず、その他の者は巨大な実行装置として働くだけである。しかし権威主義者は、決定権から除外されたりすると、彼だけが知っている迷宮のなかで行動することによって、その権力を執行しようとする。この場合にも、実行されていないさまざまの事項、未決着案件の迷宮、遅滞から生じる混乱は、組織網の中心にいる者の権力に変わる。これが、いくつかの官公庁において滞りが山積する原因の一つである。正確に言うならば、けっして事を成し終えない人物の場合と同様に、遅滞のジャングル、過去の堆積、混乱、無規律は、専制的な個人的権力執行の条件なのである。

けっして事を成し終えない人物、リーダー、事務所、官公庁は、疑惑の目をもって見張られなければならない。この状態を巧みに利用し、一般の犠牲において利益をえている者がつねにいるのだから。

自分を重要に見せたがる人

何かの用件でどこかの事務所に入り、おそろしく無愛想な事務員に出くわしたという経験は誰しももっている。こういうことは官公庁でいっそうしばしば経験する。多数の人がいてくれる必要はない。だが、部屋がからっぽのこともある。係員は何かに読みふけっている。あなたはなかに入り、何秒間か待つ。それから、自分に気づいてもらうために咳払いをする。係員はさらにいっそう読み物に熱中するらしく見える。あなたは、「ちょっと、すみません」と声をかけてみる。だが、彼の反応はまるでない。そこであなたは少し声を大きくして同じことをもう一度言う。やっとのことで彼は視線をあなたに向けるが、その目には咎めるような色がある。そして、ちょっと待つように、と言う。やがて、やっと立ちあがると、ほんの一瞬あなたの言葉を聞くと、書類が足りないから別の事務所へ行けと言う。ところが、書類は全部ちゃんとそろっている。そこで、もう一度その係員のところへ行き、よく見てほしい、よろしくお願いしたいとあなたは懇願する。あなたはデスクの上に記されている彼の姓を見つける。そして、彼に笑いかけながらその姓で呼びかける。さらに、彼の能力をくすぐるようなことを言う。これでやっと彼はその気になる。彼はあなたの書きこんだものを見やって、誤記を指摘し、それを訂正する。あなたは彼に丁重に礼を述べ、彼のほうはしかつめらしく、ふたたびさっきの読み物に戻る。

実際には、この職員には何もすることがなかったのである。彼にはあなたの間違いがどこにあるかがはじめからわかっていたのである。それなら、なぜすぐに立ちあがらなかったのか。どうしてあなたに手を貸そうとせず、むしろ、ことさらあなたを誤らせ、そしてあなたをもう一度そこへ戻らせたのだろうか。こういう場面で我われが考えるのは、彼がそのように振る舞ったのは、彼が不機嫌だからであり、自分の仕事に満足していないからであり、退屈しているからだということである。これ以上に明快な説明は考えにくい。彼があのような態度に出たのは、あなたの関心を引くためであり、あなたの興味の中心に身を置くためであり、自分を有力だと感じるためであり、尊敬に値する人物として扱われるためなのである。

尊敬され、重視されるためには、相反する二つの戦術がある。尊敬され感謝されるように、大いに親切に、大いに有能らしく振る舞うか。それとも、障害、困難、故障をもちだすか。第一の態度をとれば、人びとはその人物を好感をもって思い出すだろう。第二の場合には、いずれにせよ、人びとはその人物を考慮に入れ、その要求について考えなければならないだろう。

この二つの態度のモデルは、すでに子供のなかに見てとることができる。善良な子供と、ペストのように振る舞って自分に関心を引きつけようとする子供がいる。大人たち、我われの部下、職業人、大学教授などが同じように振る舞うだろうと考えるのは、やや困難である。しかし、企業、研究所、新聞社、その他いたるところで、尊敬され重視されようとして自分の有害な権力を行使する人物によって招来される障害、渋滞、遅滞が原因で、多くの困難が引き起こされている。

きわめてややこしい組織で働いていた私のある友人の上には、すでに決められた約束をすべて御破算にしてしまう、事務局の女性責任者がいた。彼女が電話をすると必ず話が壊れるおそれがあった。彼女が会議に出席すると、何かの厄介事、何かの障害、何かの不可能事をきまってもちだした。誰もがその言うところを傾聴し、彼女に対して恐れを抱きさえした。公共機関と関わりをもつときなど、この女性は手出しのできない存在であった。ある政党に保護されていたからである。最後には私の友人は、彼女に花束を贈ったり、彼女とその夫を自宅に招いたりすることで、彼女の愛顧をかちえたが、しかし、その間、重要なすべてのことから彼女を除外しつつそうしたのである。

人びとが、他人を妨害し、きわめて有望な人物のイニシアチブを圧殺するなどして権勢をつかむという現象は、とりわけ公共機関において多く見られる。こうして、精力も努力も惜しみなく傾ける活動的な少数派と、抵抗し、阻止しようとし、不満を述べ、嘆き、策動する多数派とが形成される。

けれども、否定的な人士というものはどこにでもいる。そういう人びとには、どこかのパーティでも夕食会の席でも簡単に出会うことができる。彼らのことは、サロンへの入り方で、また、その足どりでそうと見分けることができる。しばしば、こういう人物は、ホールに入るとすぐ、飲み物の置かれたテーブルに歩み寄る。そして、アペリチーフを選ぶと、グラスを手にして周囲を見まわす。そして、談笑している小グループのいくつかを注意深く観察する。やがて、自分の飲み物をちびちびと飲みながら、それらのグループに近づき、そのなかの一つを選び、自分を名乗り、人びとの会話に無表情に耳を傾ける。やがて、ふいに、グループの中心になっている人物に対し、不快な言葉を何か口にする。会話がとぎれ、人びとは驚いて彼に目を向ける。標的にされた人物は当惑する。やり返すこともできようが、パーティの雰囲気を損ないたくない。そこでその人物は、自分の考えを説明し、釈明しようとする。攻撃者を納得させようと懸命になる。しかし相手は首を振り、けっして頷かない。攻撃された人物は、ふたたび相手を納得させようとし、別の言葉を選び、口調を和らげる。結局、パーティは、闖入者をなだめ、彼の機嫌をとり結ぶことで終わる。

こういう厄介者、人びとに挑戦し、障害をつくりだし、人びとをあざ笑い、人びとの気分を損ねる人物のために、我われがどれほどの時間を割いていることか、考えれば驚かずにはいられない。しかもその間、我われを支援してくれ、我われの問題を解決してくれる人びとには意を用いないのである。こういう人びとに対し、何も求めない人びとに対しては、我われはいつもほとんど時間を割かないのである。

困惑させる人

最高の歌手でも、練達の弁士でも、老練な俳優でも、前列のほうの観客の誰かがうわの空であったり、あくびをしたり、咎《とが》めるようなしぐさを見せたり、あるいは何の反応も示さずに石のように冷たい表情でいるだけで、とまどい、調子が狂ってしまうものである。その人物に目をやって気もそぞろになり、自分の歌や話に聞き入っている他の聴衆を忘れてしまいさえする。そして、なんとしてでもその人物の称賛、同感、拍手をえようとする。こういう場合には、肝心なのはまるでその人物だけであるかのようである。なぜか？

俳優あるいは歌手は、舞台に上った時点では、観客・聴衆の判断に身をさらすのであり、誰も、絶対に誰もまったくの自信などはない。このうえなく気丈な人でも、最も有名な人でも、誤らないだろうか、力を出しきれるだろうかという不安を抱いている。以前から博してきた共感を一瞬にして失いはしないかと案じている。そのうえ、こういうときには、疑念にとらわれてしまい、自分がこの場にこうして立っていることがふさわしいかどうかもわからなくなってしまう。回答は、最後に、つまり、割れるような拍手が起こったときにはじめて与えられる。満場の拍手だけが彼の懸念を解消し、「今夕もちゃんとできた」と彼につぶやかせるのである。

それゆえ、最前列の席であくびをする人物は、歌手、弁士の脳裏につねに巣くっている不安・懸念の化身なのである。その人物は最もきわどい瞬間にその不安をよみがえらせ、しかもそのしぐさでもって他の人びとにも影響を及ぼすおそれがある。もしかしたら、歌手・弁士に反対する分子の隠れたリーダーなのかもしれない。そうであれば、挑戦に応じてその人物と闘わなければならない。

著名な人物のこういう弱みを巧みにつかみ、自分に好都合なようにそれを利用する人びとが多数いる。そういう人びとは、めだつところに席を占め、これ見よがしの無関心ぶりを、あるいは最も露骨な反撥を示してみせる。他の一派は不賛成を表明し、論争を挑みさえする。弁士は応答することを余儀なくされ、そうすることで彼らに信用と重みをつけてやるはめになる。若い記者、若い批評家、若い政治家などは、重要な人物を殊勝らしく一応は低姿勢で攻撃し、そうすることで自分を知らしめることに成功する。理論や思想は口実にすぎない。

しかし、こういう仕掛けは、エロチシズムの分野でも大きい意味をもっている。一般に見られるところでは、多くの名の通ったプレイボーイ——大半がひじょうな美男だが——は、活発ではあるがあまり美人ではない妻をもっている。大ぜいの崇拝者の女たちに囲まれていることに慣れたあまり、彼の魅力に無関心であることをことさらに示した女性に、あるいは真っ向から彼に逆らってみせる女性に気を引かれてしまったからである。

無関心または反撥というテクニックは、しごく一般的である。いっぽうに、めだち、抜きんでたがっている人物がおり、他方に、そうはさせまいとし、その妨害をして興じる人物がいるだけでよい。ここに一組の夫婦がいて、夫は気違いのように働き、疲れを知らないほど元気で優しいが、気難しく口やかましい妻に意のままに操られている。これと反対に、気だてがよく魅力的な妻なのに、その夫が気難しく怒りっぽく、しかもそのいやな性格のおかげでしたいことができるという例もある。しばしば、気まぐれな暴君の意のままになってしまう家族がある。しばしば、いつも不満な女性社員の小言に怯えている事務所がある。

メカニズムはいつも同じである。気だてがよく、有能で、有名な人物ほど、心底で自分を疑っている。競争心の強い人物、つまりは略奪者は、彼のこの心奥の弱みを発見して、彼に罠《わな》をしかけ、彼に自信を失わせ、罪ある者のように思わせてしまう。そして、少しずつ、彼をむしばんでゆく。

愚かさで支配する人

独断的な人、狂信者、頑固者などは、極度に非論理的であることが多い。しかし、彼らが抱いている貧しい考えをくり返すその執拗さと、あらゆる論理に対抗する鈍感さとは、他の人びとをしばしば辟易させる。こういう頑強さと、愚鈍さとのおかげで成功をかちえている政治家たちがいる。

信頼と称賛をかちえている別の種類のばか者もいる。それは、浅薄で、非論理的で、何にでも目を向け、何でも適当に読み、どんな無駄話にも耳を傾け、新しいことにはつねに通じている人物である。流行や様式を熱烈に信奉し、それを仰々しく宣伝し、そうしておきながらほどなくあっさり忘れてしまう。これと反対に、聡明で分別のある人物は、一貫性をもち、理にかなった行動をし、熟考をへた思想をもっているのがふつうである。そのうえ、自分の知識・能力の限界も心得ており、深く知らないことについては口にしない。そうであるから、おしゃべりの人を前にするときには、唖然《あぜん》とし、呆然とするばかりである。それが彼の目には、いきいきとし、華々しくさえ見えるだろう。多くの女はこの種のタイプの男に魅せられるものである。また、その逆もあるだろう。

そのほかに、真の知性と狡猾さを見分けることも必要である。知性は秩序と調和を生みだそうとするものである。これに反し、狡猾さのほうは、相手をへこませ、相手に罠を張ることだけをめざす。凡庸な、あるいは文字どおりに愚かな人間は、ずるいものである。彼らは、生き抜くために、苦境から抜けでるために、トリックや術策ばかりを学んでいる。

たとえば、何か失敗をし、それが露見した場合でも、その事実を否認し、ことが明白であっても頭《かぶり》を振り、証拠やたしかな論理をつきつけられても動じない。さもなければ、うそをつく。無自覚、向こうみずな人間らしい自然さでうそをつく。そして、何かを忘れたことも、矛盾したことを口走ることも意に介さない。彼の頭の中には、秩序や順序などほとんどないからである。さもなければ、他の誰かを非難する。誰かれかまわず非難をし、しかも奇妙な確信をもってそれをするので、まっとうな批判精神と責任感をもった人物などはかえってうろたえ、自分を疑ったりするほどである。

要するに、秩序や規律を生みだそうとする知性に打撃を加えるために、彼らは無秩序と混乱をつくりだすのである。自分の言ったことを忘れ、あるいは忘れたふりをし、うそをつき、前後矛盾したことを口走り、理屈を変え、相手の心に混乱を引き起こす。もしもその相手が論理的・合理的な思考をする人であれば、その言うところの意味を理解しようとし、無分別な言動のなかに論理を見つけようとして苦慮するはずである。

このような技巧でもって、自分より遥かに知性をそなえた夫を支配してのける愚かな妻たちがいる。妻を相手に同じことをする夫たちもいる。口数の多い政治家たち、口の軽い知識人たち、攻撃型の財界人たちの多くも、知的混乱を生みだすことで繁盛するこの種の凡庸人に属する。

社会を支える人

企業に連帯する人

民族、軍隊、教会といったものは、それぞれのもっていた重要性をいちじるしく失った。政党、全体主義的なイデオロギー、かつては人びとを共通の価値観・目標の下に固く結束した共同体としてまとめていたすべてのものがその意味を失いつつある。いっぽうで、個人的自由、自主決定とでもいうべきものが力をえつつある。けれども、帰属、理想を求める思いもまた大きくなっている。我われは社会的な存在である。我われの自我が安定したものでありうるか否かは、社会との関係のいかんに関わっている。我われは他者を必要とし、人びとと結ばれているると感じたがっており、相手、課題を欲している。価値をもつ何事かのために尽力したいと願っている。

もし、以上のことが事実であるならば、我われの心のなかで力を失いつつある政党や教会の地位にとって代わるのは何だろうか？　それは家族ではありえない。家族はますます小さいものになり、わずかに一人か二人の子供を産むだけで、しかも子供は成長すれば家族から離れてゆく。友人でも、バカンスでも、視察でも、旅行でもない。これらのどれも楽しいものではあるが、真に価値をもつものとは関わりがない。この領域では、社会的活動、ボランティアが遥かに近いところにある。したがって、十分な根拠をもって予想できるのは、近い将来において、そういう活動に携わる人びとが増加するだろうということである。

しかし、ふつうは人びとが考えない別の社会的現実もある。キリスト教的伝統のなかでは、労働とは〝額に汗すること〟と見なされてきた。〝労働力を売る〟というマルクス主義の観点に立てば、そこで利潤を手にするのは、労働者ではなく、資本家である。自由主義の観点では、労働関係は契約と見なされてきて、ここでは各人は契約で取り決めたことだけをおこなう義務を負う。

しかし、我われの具体的な生活においては、我われが労働する場も、我われの労働もはるかに多様である。我われはそれに大きな時間を割き、我われの最良の精力、創造力を傾注する。我われは、この労働を、自分がそれの基本的な一部である一つの現実として感じることができるのでなければならない。

我われは、日本人から企業市民権という言葉を聞かされたときに驚いた。多くの人びとは、それを巧妙な搾取の方法、階級闘争を解消させるための策略と受けとった。

しかし、階級政党が消滅し、連帯の他の舞台も弱まってみると、人びとが互いに識りあい、帰属・連帯、競争の欲求を表明できる場は、まさに企業ではないだろうか？

そう考えるのは誤りだろうか。我われは企業というものを、経営者に疑念を抱きながら、たんに給料を受けとるために働きに行くところというふうに考えることに慣れている。そして、もっぱら利潤だけを目標とする私有物と考える。こういう考え方の原型であり、それを代表するのは資本家である。資本家にとっては、企業はいますぐにでも売却できるものとしてのみ存在する。しかし、真の偉大な企業家はそうではない。彼は自分の企業と一体化し、企業を自分自身の具現と見なし、あたかも戦場の将軍のように、幹部や労働者たちに混じって暮らす。経営が順調に行く企業とは、強い団結精神があり、全員がそれをさらに強化しようとし、勝利させようと願う企業のみである。

しばしば私が思うのは、将来に勝利し生き残るのは、新しい社会的ルール、新たな行動モデル、新たな価値観が生みだされる、新しい型の企業だろうということである。都市、政党、教団に似た企業。即ち、市場で執拗に巧みに闘い、しかしそれと同時に、人びとが精神的にも自己を実現できる連帯心の強い共同体であるところの企業である。

企業と一体化する人

八〇年代に我われは、先入観のない資本家、意のままに企業を縮小し解消させた魔術師を称賛した。しかし、いまは、企業は景気後退、失業、厳しい国際的競争という現実にさらされて、有益で、高品質で、低価格で、サービスの優れた製品をつくらなければならない立場に置かれている。こういうことを立派にできるのは、製品のために生きており、企業および消費者と一体化している企業家である。そうした企業家は、自分が生産している製品を見る目つき、それを手にするときの素振り、それへの手の触れ方、それについての研究の仕方で、そうと見分けることができる。そこからは、彼が製品の来歴のすべてを知っていることが感知される。それをずっとたどり、苦しんできたことも。まるで、彼が自分の手で直接につくったかのようである。それがビスケットであれ、靴であれ、オートバイであれ、彼は製品を、愛情と熱意をもって調べると同時に、どんなに小さな欠陥でもすぐに除去するかまえで、不安げな批判的な目でもって吟味《ぎんみ》する。そして、競争相手の製品を食い入るような目で研究し、長所を見てとればただちに称賛し真似ることにやぶさかでない。

かつては、こういう態度は手工業的なレベルの企業でのみ見られることと考えられていた。大企業においては、企業家は全体的な戦略や金融面の問題にのみ思いを向けるべきものだといわれていた。技術員や生産管理員らにのみ関わるべき細かい問題で時間を失うことはできないし、失ってはならないといわれていた。その市場を知るためには、必要なのはあれこれの意見ではなく、調査である、と。その通りである。異論の余地なく真実である。しかしながら、企業家が有能な幹部や研究員らを信頼しているとしても、自分の企業と一体になり、つねに、倦《う》むことなく最善を求めなければならないことも同様に真実である。なぜなら、企業というものは、不思議なことに、企業家の人格の客体化だからである。彼のすべての長所、美点、彼のすべての関心、彼のすべての厳しさが企業内に伝わるのであり、同様にして、彼の欠点、彼の無関心、彼の無頓着も伝わるのである。見せかけはできない。

自分の製品を愛する企業家は、ふつう、消費者に大きな考慮を払う。消費者の気質や反応を知ろうと努める。その批判に注意を傾け、好印象を与えようと努め、評価されることを期待する。したがって、良好な信頼関係を築くうえで役に立つすべてのもの――供給から広告まで――に気をつかう。

そして、人間すべて、彼らの関係、彼らの気分を大いに重視するのであるから、これら企業家たちは、通常、管理職要員と、さらには工員まで含めた全従業員と最良の関係をもつ人びとでもある。共同の事業に関与しているのだということを全員に感じさせるからである。すべての手段のなかでも最も重要なもの、模範でもって全員を動かすからである。

とくに、困難な時期においては、人びとはあらゆる分野・部門で公正・誠実な表情を見たがるものである。企業においても同じである。人びとは、能力、責任分担、真剣さによってのみ、自分が保証された気分になれるのである。

不適応を認めない人

誰かが、適任でないポスト、予想せぬ困難に出会うことになるポストを占めるとき、どういうことが起こるか。すべてはその人物の能力しだいである。こういう場合に、人によってまったく正反対の反応を示すことがある。ある者は企業に損害を招き、ある者は自分自身を被害者にする。

新しい仕事をはじめる者は、情熱を燃やし、あれこれのアイデアや企画に胸をふくらますのがふつうである。そのことを友人や家族などに話し、意見を求めたりする。それから、それを上司に披瀝《ひれき》し、同意、承認を求め、たいていそれを与えられる。さらに、彼がどんなことをするかと見守っている同僚たちから好意的な期待もされる。情熱と好意が混じりあって、蜜月のような情況が生まれる。アメリカの大統領さえも、選挙後の何カ月かは、そういう情況を享受する。

やがて、熱中と企画の時期が過ぎる。そして、組織構成のなかに組みこまれるときがくる。とりわけ、企画・プランを具体的に実行に移し、それを仕上げるときがくる。このときになってあれこれの困難が生じ、情況は予想されていたよりもはるかに厄介なものになる。彼は混乱しはじめ、疲れきって、なすすべも知らないさまとなる。

個性の違いが現れるのはこの時点においてである。逆の仕方で対応する、二つのタイプの人間がいる。第一のタイプは自分の無能力を悟らず、それを認めようともせず、あるいは認めることができない。第二のタイプは、これと反対に、それを容認する。

第一のタイプから語ることにしよう。それは何よりもまず、このタイプが最も多くみられるからであり、しかも最も大きい害をもたらすからでもある。このタイプは自分がその任でないことを理解できない。他の人びとが相応の成果をあげ、自分だけが何もできずにいることに気づいたときに、はじめて彼は自分が身動きのとれない立場にいることに気づく。自分の内部をみつめることのできない彼はつまずき、失敗が具体的なかたちをとる。即ち、成功し、勝利したのは他の人びとである。

彼の反応は妬みとして現れる。憑《つ》かれたように人びとの成果に目を向け、人びとが達成したものを思って煩悶《はんもん》する。自分の計画も忘れ去り、人びとの噂や陰口のとりこになってしまう。そして、恨みがましい気持で胸をうずかせながら、彼の批判・非難に同調する共犯者のような仲間を探す。それから、成功した者たちを妨害しはじめる。それには手段を選ばない。サディストさながらである。

もしもこの種の人物が権力のある地位に就くと、輩下を虐げはじめる。ちょっとでも不調なことがあると、容赦なく叱責する。わけもなく突然に怒りだして、乱暴な罵りの言葉を投げつけることもしばしばである。

やがて、事態がさらに悪化すると、ますます自分が迫害され、陰謀に取り囲まれているように思うにいたる。こうして、しだいしだいに、自分の失敗を正当化するための理屈をつくりあげはじめる。社会は腐敗していて、マフィアでいっぱいだ。こういう連中は連係していて、万事をうまくやってゆく……。だが彼は手を汚すようなことはしたくない、彼らとは与《くみ》しない。腐敗のなかへ引きこまれないために、むしろ周囲の悪徳に対して戦おう……。

どの企業にも、どの分野にも、人を裁き非難することに時間を費やす、この種の破壊の理論家、毒をはらんだモラリストがいる。

ここで、別のタイプの人物に移ろう。情況に立ちむかうのに必要な資質を自分がもっていないことに気づくことのできる人物である。妬んでなどはいられず、援助を求める。しかし、相手の人びとは策略に長じていることが多く、彼への援助を拒む。そして、だんだんに彼から遠ざかり、彼をひとりぼっちにしてしまう。そして彼のほうは自責の思いに苦しみはじめ、すっかり落ちこんでしまう。それが日常の行動にまで及ぶ。ときには、酒におぼれることにもなる。それが女性であれば、自堕落になったりする。要するに、自虐的行動に走る。

こういう自己破壊的な情況から抜けでるためには、自分の躓《つまず》きを事実として受け入れ、彼自身、仕事を変えようとする勇気をもたなければならない。しばしば、我われの有能も無能も、特定、限定されたものである。一つの役割でうまくゆかなくても、他の役割でなら成功するかもしれない。変えることができるという柔軟性もまた、一つの能力なのである。

電話の応対が横柄な人

マーシャル・マクルーハンは、電話は一人の人物がそれに全面的に関わることを必要とすると書いている。電話での話を理解するためには、そのかすかな音、語調や音調を聞きとらなければならない。こうすることによってのみ、相手の気持を察知することも、その意図を解することもできる。電話では、目で見ることなしに現実をとらえる盲人の力を少しく我われのなかに導入する必要がある。

大半の人は、じかに対面することのほうを好む。経済上の取引や恋愛の行方が関わっているときは、とりわけそうである。じかに対面することによって、相手の意図や心理をつかむための多くの要因をえることができる。何よりも、表情がそうである。笑顔であるか、その目がうつろで物憂げであるか、それともきらきらと輝いているか。ときには、顔の筋肉の動き一つ、驚きの表情一つで足りることもある。ついで、体の姿勢がある。相手が座っているその姿勢は、くつろいで晴れやかか、それとも、立ち上がろうとして身をかがめているか、あるいは落ちつきなく不安げであるか、脚を組んでいるか、立っているか。

電話では、これらは見ることができない。煙草をふかしているのか、どういうふうにふかしているのかもわからない。煙草を指のあいだに品よくはさんでいるのか、それとも、苛立たしげに、たえず灰を落としながらそうしているのか。服装もわからず、上品に隙なく着こなしているのか、それとも、こちらのことなどまるで眼中にないのだから、ぞんざいな身なりなのかも見ることはできない。

しかし、電話では、直接に会うことによって見たり知ったりできるためにかえってしばしば見失われる情報をえることもできる。というのは、電話の相手は、さながら彫刻家のように、一点に思いを集中するからである。あるいは、一瞬でも緊張を緩めれば、あるいは何かの雑念が胸中をよぎるのを許せば、たちまち突かれてしまうフェンシング選手のようなものである。じかに向かいあっての対談では、こちらの言うことに興味をもたない人も、いわば興味を装うことができる。これに反して、電話では、彼の集中力はひとりでに減退し、単語を、言葉を失う。

彼は、すでに尋ねたことをもう一度尋ねなければならなくなったり、あるいは、そのときの会話にまるで関わりのないことを口にしたりすることになる。

そのほかに、電話では、感じてもいない感動をそれらしく表明することは困難である。たとえば、哀悼の意である。葬式にじかに列席する場合には、目を伏せ、短い言葉をつぶやき、おきまりのしぐさをすれば足りる。それに、その場の全員の哀悼の情は容易に伝わり、たとえじつは無関心であっても、その場の情感に与《くみ》させてくれる。これに反し、電話では、受話器を通しての絶対的な静寂のなかで、二人きりで対話をするのだから、本当に感動しているものだけがまともに語ることができる。声の響き、間あい、さらには息づかいもが、彼の言葉を支援してくれる。

電話では、相手への好感も容易に現れる。たとえはじめは、きさくな人物も驚きにとらわれ、あるいは気づまりらしくても、あるいは文字どおり当惑していても、まもなく、奇跡のようにその声は和らぐ。自分の気持だけにこだわっていることができなくなる。答えられないことを、あるいは、もっと話していられないことを詫びる。相手があなたを支援しようとしていながらそれができないことを苦にしていることがあなたにもわかる。

いっぽう、電話で、出しゃばりの人物や嫉妬深い人物は、他人の問題には無頓着で、自分の関心に固執する。あなたがもう時間がないとでも言おうものなら、それを咎め、くり返し話し、要求する。あなたのほうの反応——急いでいること、気まずさ、当惑、不安、腹立ち——などまるで意に介さない。まるで動じない。あなたを当惑させまいとしてすぐに話を中断するおおらかな、寛容な人とは反対である。

我われ誰しもがこういう類いの経験をしたことがあり、電話でこういう人びとと話しながら彼らを分析できることも知っている。しかし、企業や会社をも同じようにして診断・分析するのはむずかしい。その経営の実態、それが成果をあげるか否か、繁盛するか、それとも破綻に向かっているのか、それらの判定はむずかしい。

最初の接触は電話を介しておこなわれる。順調にいっていて、利益をあげようとする企業では、電話の交信は取引をするための機会である。電話をしてきた人は顧客になるかもしれない人であり、したがっていつでも歓迎される。効能はすでに、声の調子に、それにこめられる関心のなかに現れる。効率よく動いている企業の電話に応対する人は、たとえそのことを自覚していなくても、その企業の運営に満足していて、それに関わろうとし、何かの役に立とうとしていることを伝えている。

これと同じ迅速さ、正確さをもって、電話は不満、嫌悪、無関心等を伝えもする。しばしば、電話交換台との最初の接触時に、拒絶されていると感じることがある。先方の声が物憂げであったり苛立っていたりするのである。それでわかるのは、先方の相手がいやいやながら働いていて、こちらの電話がうるさいのだということである。とりわけ公共企業体では、横柄な態度に出会う。電話をかける側が弱者で、差し迫った用件をかかえているときなど、相手はいっそう優越的な態度に出る。ろくろく返事もせず、さもなければ、罵ったりする。また別の場合には、何人かの声が入り混じって聞こえる。交換台（あるいは事務所）の人びとは、互いのあいだで雑談をしているのである。外からの電話は彼らにとってわずらわしい。何事かをぶつぶつと言い、電話をかけている人に待つようにと言い、それっきり電話は放置される。

だめな企業は何も憶えていないことからも見分けられる。あなたが同じ人物に、総支配人に、あるいは社長に百回も電話をするとする。すると、そのつど彼らは、あなたの名前、あなたの用件を尋ねるのである。まるで、互いに関係のない別々の百人の人間があなたに答えているかのようである。企業の病状がひじょうに重いときは、もはや誰もが何もわかっていない。ふつうなら重要な顧客の名前はちゃんと記憶していて、声でただちに聞き分けられるはずの最高幹部たちの個人秘書さえも同様なのである。

あらゆる事務所の一つ一つに電話で接触してみることによって、その経営状態を判断することができる。そこで働く人びとの士気、気分、協働精神、問題についての彼らの精通度、決断力等々の評定もまた。

くり返すだけの人

あることだけ、ただ一つそのことだけができる人がいるとして、それを毎年毎年倦《う》まずにくり返していれば完成の域に達するだろう、と考える人びとは大勢いる。同じしぐさをくり返し、同じテンポで同じ対象を扱うからである。彼の手はたしかであり、対象を巧みにつかみ、格別の集中や注意を必要としない。見ないで対象をつかむことさえできるだろう。その彼をはたから見る者は、驚くべき熟練の印象を受け、彼を称賛する。

しかしながら、そう思うのは正しくない。その人は思い違いをしている。彼は、巧みさと外見に幻惑されているのである。もしその人が、最初の作品、工芸家が何年も前、つまり、まだそのように無造作でなく自信にもあふれていなかった当時のものをよくよく観察すれば、それがいまのそれとは違うことに気づくはずである。より最近のものは、はじめのものにくらべて何かを失っている。より没個性的になり、月並み、平凡になっている。ある場合には、技術的にも文字どおり退化している。もはや機能的でもなく、均整も調和も失ってしまっている。入念さ、集中、慎重さ、たえざる創造がそこには欠けている。

　生きている素材についての基本的な法則があって、それによれば、制作をくり返すごとに、多少の情報・知識が失われるという。くり返すごとに、誤りが重なってゆく。内部からは誤りはとらえられない。誤りは外からだけ見える。それを見てとるのは他者である。さもなければ、作品自体が彼自身から離れ去り、遠ざかるにいたる。異なったものになれば、それを判断し、修正する。何かを同じように再度制作するということは、ふたたび新たに創造するということである。それゆえに、学ばない者、創造しない者は、忘れることになる。知的・情感的な精力を出し惜しむ者、すでに知っていることをくり返すだけの者は、最後にはもはや何も知らないことになる。こういう情報・知識喪失の徴候は、倦怠である。そのように行動する者は、より少ない労苦ですむが、退屈する。倦怠は、認識喪失のシグナルである。二十年間同じ教材を使い続ける教師は、それを意欲も情熱もなしにくり返すだけで、当然退屈する。そして、彼とともに学生も退屈する。

学ばず創造しない者はくり返すこともできなくなるとはじめに述べた。優秀なコックは、単純でしかも絶妙な味のパスタ料理をつくるが、それは彼が別の無数の料理を心得ているからである。彼は調理技術の総合的な知識をもっている。しかじかの素材で、正確にある味を出すためには、それぞれの分量がどれだけ必要か、そして火加減、時間はどうあるべきか、すべてをわきまえている。トマトが十分に熟していれば、酸味を加える必要はないだろう。バジリコが新鮮でなかったら、他の香草をひとつまみ加えることも知っている。彼の料理は変わりない。それは、異なる方法で調理されるからである。変わるのは扱う対象である。実際には、それが唯一、ユニークなものなのである。

これと反対に、決まった調理法をつくりあげていて、自宅でも同じ料理をつくる人物は、これらの要因全部を知ってはいない。そのために、すでに初回から同じ結果がえられない。時間がたつにともない、それをくり返せばくり返すほど、当初のモデルから遠ざかってしまう。やがては、毎日のようにそれをつくっていると、あるときは材料がない、別のときは調理の順序を変える、あるいは、自分ではそうと気づかずに分量を変えるというようなことが起こる。彼はその料理をつくることに自信をもっており、自分にいっそう満足しており、誇りを感じている。自分のいまの料理ははじめのものよりよいと考える。ところが、そうではない。彼は退化したのである。

私がここで述べていることは、専門化することの必要ということについて今日言われていることと反対のように思えるかもしれない。ある人びとの考えでは、専門化とは自分の関心を一つの分野に限定し、それに関することだけをきちんとやることを意味する。ところが実際には、専門化とは、たえざる深化であり、不断の刷新なのである。専門家とは、競争場裡でさまざまの理論と方法を心得ており、それらを評価することを知っている人のことである。その分野で新たにつくられるもののことをすべて学び研究する人のことである。したがって、その人物にとっては、固定したもの、くり返せるものは一つとしてないのである。

現代社会のもう一つの要求は、総合または概括である。しかし、これもまた深化である。試験の準備をする過程で重大なミスを冒す学生がいる。テクストを読むときに、初回から、自分に重要と思えるものを選ぶ。そこにアンダーラインを引き、ノートを取る。次に読むときには、重要な箇所はより少なくなったように思われる。試験準備の最終段階では、アンダーラインを引いた箇所、自分でこうと想定したところにだけ注意を集中し、他はかえりみない。その結果は、まず惨憺たるものである。どこで間違ったのか？　何が肝心かを理解するためには、そのテクスト全体を何度もくり返し学習すべきだったのである。試験を完全に押さえるためには、他の何冊かの本にも目を通すべきだったのである。あらゆる総合・概括は一つの選択であり、より多くの情報を必要とする。

変化することなしにそのままの自分でいることは誰にもできない。たえず学ぶことなしに自分の知識を保つことは誰にもできない。創造することなしにくり返すことは誰にもできない。一つのことを一度だけで学びおおすことは誰にもできない。母国語でさえも例外ではない。ある人物は、十年の外国暮らしの後、用語、動詞を忘れて、いまは使われない言葉を口にする。その他のことはおして知るべしである。

二つの資質を磨く人

現代社会を特色づけているのは、幾多の巨大組織の存在である。公社、大企業、多国籍企業。これらの組織のなかで生きてゆくために必要な資質とはどういうものか? 貢献をし、それと同時に、認められ、成功をえることも我われに可能にしてくれる資質か?

それぞれの型の社会は、一定の資質を必要とし、その他のものは必要としない。戦争本位の社会では、肉体的な勇気が尊重される。宮廷社会で求められるのは、洗練である。公正な企業では気配りである。では、組織のなかでは? ある人の主張によれば、大きな組織で求められるのは、正確さ、細心さ、系統性、秩序尊重、従順さ、慎重さであるという。組織についての今日の専門家は、これとは反対に、進取的精神、創造性、企画性が必要であると強調する。現代の組織が求めるのは官僚型の人物ではなく、マネージャー型の人物であり、マネージャーは本質的に企業家である、と前述の人びとは述べる。

しかし、彼は特殊な型の企業家である。なぜなら、彼は自分が属する企業内で仕事をするのであり、しかも報告を上げなければならない上司がいる。実際には、我われがそこで目にするのはまったく新しい人間であって、彼は、かつては文字どおり矛盾するものと見なされていた資質と美徳とを自身の内部に併せもたなければならないのである。

一つの例をあげよう。マネージャーは、創造的でなければならず、新たな問題、新たな解決策を究明しなければならない。たえず新しい提案もしなければならず、強い情熱を抱き、それに打ちこむのでなければならない。自分の企画を通すために努力をしなければならず、自分自身を信じなければならない。けれども、いつでも断念できる用意もなくてはならない。これもまた同様に肝心なことなのである。大企業の戦略は、遠いところで、しばしば外国の地で決定される。決定は、無数の要因、無数の要求を考慮に入れる。ここに問題がある。創造的、情熱的、積極的な人物は、その提案が通らないときは、落胆し、気落ちし、自分のなかに閉じこもってしまう。拒否されたことを自分の挫折のように受けとめる。マネージャーたるものは、こうであってはならない。やむなしとなれば潔く断念し、新たな提案をおこなうのでなければならない。

マネージャーの能力として求められるこの二面的資質は、他のあらゆる分野でも見られる。マネージャーは野心的で、競争心が強くなければならない。自分のために、そして企業のために成功を追求しなければならない。しかし、それと同時に、仲間と、下僚と協調することも忘れてはならない。どんな企業でも、その内部に協調的な空気がなければ成長することはできない。競争心の強い資質と並んで、マネージャーは、優しさ、詫びを言い、和解する能力も身につけることが必要である。いくぶん、スポーツの世界と似ている。競い、闘った後で、二人の選手は和解し、手を握りあい、いましがたの闘いは忘れて友人であろうとする。

企業内で生まれる友情はもろいことが多く、偽善的であることがしばしばである。企業人としての野心、経済的利益をつねに優先させなければならないからである。しかし、この友情は貴重でもある。なぜなら、もしもそれがなかったら乾いた味気のないものになってしまうはずの人間関係に、デリカシーと人間味を添えることにもなるからである。

さて、第三の相反する要請がある。一方でマネージャーは、合理的で冷静でなければならず、厳正な方式・方法を策定しなければならず、将来についても入念な計画を立てなければならない。しかしながら他方で、新しいものをとらえることに極度に巧みであり、さらに、毎日届く膨大な量のデータのなかから重要なものを、多数のシグナルのなかに隠れているめだたないシグナルを見分けることにおいても有能であることが求められる。そのためには、鋭い直感力と感受性が必要とされる。新しいものは、華やかなめだつかたちでは現れない。それは無言で、ひそやかである。それは小さなけし粒であり、かすかなさざ波であり、ゼロに近いものである。これをとらえるためには、心を空《から》にし、目を閉じ、耳を傾けなければならない。もう一つの要請は、決定し、指令し、服従を要求する能力と、話しあい、説得する能力との中間のものである。現代の企業においては、ヒエラルキー的な単一のライン、全権を担う一人だけの長はいない。説得的な方法で自分自身のアイデアを提示しなければならない。コンサルタント、専門家、新聞記者等との関係では、機知が要求される。協力者や部下との関係では、忍耐、決断力、包容力が要求される。

ここで、説明が必要であろう。究極の資質とは、事を荒だてないために双方を少しずつ配慮した中間的妥協策、"aurea mediocritas"（黄金の中庸）ではない。その双方なのである。提案の能力と断念の能力、競争する心と和解する心、分析と直感、堅固さと機知。これらはすべて困難なものである。これを成しとげようと思う者は、自分の性格を訓育し陶冶《とうや》しなければならず、さらに、真正な人間的感性と真正な柔軟性との空間を磨きあげなければならない。企業経済を多少とも深く学んだ若い人たちには、十分な準備と優れた闘志で十分だと考える者がいる。それは誤っている。現代社会はきわめて変動的で複雑である。硬直した姿勢はすべて、長期的に見れば、挫折を避けられない。過信、慢心、独善は、すべての人にとっての破局である。

スポーツ観戦に熱狂する人

どうして、毎週日曜日になると、数百万の人びとがテレビの前に釘づけになってしまうのだろうか。サッカーはそれを観る人びとに何を与え、何をもたらすのだろうか、どうやって人びとを豊かにするのだろうか。

ある人びとは、それは何も与えはしないと主張し、ふつうのスポーツと派手なスポーツを対比し、派手なスポーツは、興奮の材料、熱狂、本能の発散でしかないと言う。集団的オルガスムのようなもので、すべての人びとが日常生活のフラストレーションと怨念を放出する場にすぎないと言う。こういうペシミストたちは、そこに肯定的なものは何も見ないで、人間不条理の証しだけを見ようとする。

社会学者や心理学者はこれとは違い、もっとオプティミストで、それぞれの個人はときどき自分自身を忘れ、集団と合体することが必要なのだと主張する。スタンドでは、観客の誰もが同じ人間になる。弁護士も、医師も、労働者も、工場長も、裁判官も、主婦も、金持も、貧乏人も、自分が何であるかを忘れ、ふだんにない解放感と熱狂を経験する。過度なまでに興奮し、叫び、抱きあい、個人を超えた強固な一体感を経験する。その後、それぞれが家に帰り、いつもの生活に戻る。

したがって、サッカーの試合というものは、数百万の個々人が日常生活の窮屈さを忘れるために行く、あのいわゆる〝自由地帯〟であるだけではなく、肝心な平常の生活にも役に立つことになる価値観と徳性を学ぶ泉でもあるのである。

試合というものをもう一度考えてみよう。選手たちは動きを起こし、相手側の無数の妨害を乗り越えながら、辛抱強く連係プレーを展開する。そして、第一の障害を、次いで第二の障害を乗り越えるが、結局攻撃は失敗する。もう一度はじめからやりなおさなければならない。さらに、もう一度はじめから。目標をけっして忘れることなく、緊張をけっして緩めることなく、失敗にけっしてめげることなく。

ふだんの生活が各個人に求めるのはまさにこれなのである。学校での進級といったことを手はじめに、我われがどういう目標を設定するにしても、定められたたくさんの事柄をこなさなければならない。何かの定理、ポエジーといったものも学び、口頭試問、さらにもう一つの試問を乗り越え、次いでクラスのテストその他をしのぎ、しかもどの結果も決定的なものではないのだから、何度でもこれをくり返さなければならない。止まることも、休むことも、気を抜くことも許されない。

試合は、人生・生活のメタファーである。あるいは、それの象徴的・典型的な総合である。試合で、成功したとき、ゴールを決めたとき、人は満足して立ちどまったり緊張をといたりしかねない。ところが、じつはこれは最も危険な瞬間なのである。当然ながら、相手は激しい反撃に移るからである。多くの個人が最後に敗れ去り、多くの企業が結局は躓くのは、良好な成果をあげた後に、自分はもはや無敵になったと思いこみ、相手方が彼の動静を研究し、彼から学んでいることを忘れてしまうからである。

現実から教えられるもう一つの道徳的・精神的規範は、力と情熱を傾けなければならないということであり、同時に、強力な自己規制をしなければならないということである。あなたはあいかわらず、ライバル、ポイントゲッターに対峙《たいじ》していた。しかし、相手側に蹴りを入れ、痛打を加えることができない。アンパイアーがあなたを失格処分にしたからである。しかも、その処分は最終的なものである。あなたに試験を課する教師のそれのように、あなたを叱責する上司のそれのように。しかも、アンパイアーは手ひどい間違いをおかしているかもしれない。それでもあなたは叫ぶことも彼を罵ることもできない。歯を食いしばり、不当な裁定を受け入れて、さらに奮闘しなければならない。ヒーローはつねに冷静でなければならない。

試合においては、人生においてと同様に、我われの誰一人として、孤立したプレーヤーであることはできない。誰もが正確なパスを要求する。試合では、優れた選手というものは、他の選手たちを動きやすいようにし、彼らを勝利に導くのである。

これらのすべての価値観、精神的規範を、我われは試合を見ることによって学び、それを自分のものとし、日常生活のなかに導入する。これらは我われを支えてくれる規範であり、理想的なモデルであって、生きるという苦しい仕事に携わる我われを導いてくれるものである。

真の教養がある人

我われ誰もが、ごくふつうの人びとと話していて、その心理的洞察力に驚かされることがある。その人びとがシグムント・フロイトの名もアルフレッド・アドラーの名もカール・ギュスターフ・ユングの名も聞いたことがないはずだとわかっていても、偉大な心理学者だと言いたくなるほどである。こういう人びとは、いわば独学の心理洞察家であり、生活から、直面しなければならなかった闘いから、打開しなければならなかった人間間の問題から、そして乗り越えなければならなかった危険から、人間心理を学んだのである。

その洞察力で我われを驚かすのがマンションの女性管理人であることも珍しくない。そういうとき、我われは驚いて自問する。心理学も社会学も学んだはずのないこの女性が、人びとの隠れた心の動きをどうして察知できるのだろうか、と。

そして、彼女を観察して、彼女をここまで賢くしたのはその仕事であることに我われは気づかされる。マンションのような集合住宅には、何百人もの人びとが暮らしていて、そのなかには、若者もいれば老人もおり、恋している人も貧しくて病んでいる人も、怒りっぽく復讐心の強い人もいたりする。寛大で優しい人もいる。豊かな人も、豊かそうに見せかけながら危ないことをしてぎりぎりの生活をしている人もいる。そして、彼女に借家人たちの管理を任せた建物の持ち主がいる。人びとにうまく取り入ろうとする行商人がおり、配達人がおり、マンション内の事務所を訪れる客がいる。マンションの住人を訪れる友人がいるし、重要な人もいれば、好ましくない人物もいる。ならず者もいれば、麻薬常習者もいる。

女性管理人は、これらの人びとを識《し》っていなければならず、わずかのしぐさから、歩き方から、衣服の着こなしから、顔の表情から、声の調子からその人柄を見抜かなければならない。

全部の住人と良好な関係を保つためには、誤ってはならない。いつ冗談を言い、いつ口をつぐむべきかも心得ていなければならない。不愉快な情報をどのように伝え、敏感な親の気分を損なうことなく、どのように子供をたしなめるかもまた。

同じようなことは、連日多くの人間と彼らの問題に気を配らなければならないマネージャーたちにもいえる。彼らもまた、部下、輩下の心理を深く理解していなければならない。この場合、しぐさ、行動の研究よりも、耳を貸す能力のほうが重要である。なぜなら、部下・輩下は、事務所や仕事場の関係だけでなく、自分の家庭生活、自分に起こった出来事、自分の要望、不運、予測しない事件なども語るからである。マネージャーたちの前には、個々人だけではなく、何組もの家族、世間一般の問題もが列を成す。高齢の両親の問題、子供の問題、学校、不貞、神経症患者の問題等々。この理由から、ふつうのマネージャー、事務所長、課長等は、多少とも敏感で行動力があるなら、人間の心の深い理解者になることができる。

こういうタイプの人びとは、自分の日常生活の出来事のなかから多くのことを学びとる。あれこれの出来事を観察し、対比し、判断し、辛抱強く関連づけることによって学びとる。さながら、科学者、劇作家、小説家がそうするように。けれども、彼らは本も書かず、知ったかぶりもせず、教えたりもしない。彼らは控え目である。

彼らの行動、彼らのありようは、博識者といわれる人びととは正反対である。博識者は、人生・生活から学ばず、もっぱら書物から学ぶ。彼は自分の目で見ることができず、自分の頭で判断することができずに、他人がすでに述べたことをひたすらくり返すだけである。この他人とは、長年来の慣習によって認められ是認された〝権威者〟である。

これら博識者に共通するのは、何かの問題、何かの事件、何かのドラマに直面したとき、それを自分で分析するのではなく、一冊の本、何かの引用語句を探すことである。それは知識ではなく、一種の悪魔ばらいである。彼らは真のメカニズムを見出すことにはまるで関心がなく、問題を除去することだけを考えているのである。その問題について誰かがすでに書いていてくれたら、それでよい。

この種の人びとは謙虚であることができない。それというのも、最も認知され、最も知られ、最も権威ありとされる知識の隠れみのをいつもまとっているからである。昔、アリストテレス学派の人びとは、アリストテレスがすでにすべてを語ったから、その弟子である自分らもすべてを知っていると主張したが、それと同じである。

きわめて多くの場合、教養は、こういう引用能力、この種の博学と混同される。賢くて、学び、習得することのできる第一の型の人びとの多くは、博識者と接触したときに、最初は自分が無知だと感じ、恥ずかしいと思う。しかしその後、よく考え、自分が学びとったことを現実とつきあわせてみることによって、教養なるものが空しく、何事も説明しえず、何の役にも立たないという結論にいたりつく。だが、残念ながらこの結論は誤りである。というのも、真の大いなる教養は人生の現実に密着しており、シェークスピアからゲーテ、ベートーヴェンからヴェルディ、パストゥールからフロイトといった大芸術家、大小説家、大科学者らは、大いなる知識の鞄を手にして、人間とさまざまの出来事に接近したからである。しかし、そのときにも、幼児のような驚きと感動の姿勢でもって。その鞄は、それで身を飾るためではなく、人知の限界を知るうえで彼らに役立った。自らの観察したものの深い意味を理解するだけでなく、何よりも、新しい発見を組織だて、人びとに伝えるうえで役立った。

真の教養、有益な教養とは、つねに、蓄積された知識と生きた人生の倦《う》むことを知らない観察の総合なのである。

よりよく生きる人

成功だけを求める人

真に大きな仕事を達成するためには、つまりは現実の、永続的な成功をかちとるためには、それを望んでも求めてもならないし、その思いの虜《とりこ》になってもならない。むしろ、そのことを全然考えず、仕事の内容と質に思いを集中し、もっぱら完璧さだけを追究すべきである。成功をえられなかった人びとを慰めようとする教訓的格言などは、このように言っているように思われる。この種の格言によれば、真の価値はいずれは認められるものであるとか、打ち克つことは重要ではなく、競争に参加することが重要なのであるとかいうことになる。

ところがこの場合、肝心なのは道徳的格言などではまったくなくて、現実の、観察しうる事象なのである。ここで言い添えなければならないが、それは一見矛盾したような、逆説的な事象である。なぜなら、成功をかちえるためには、いっぽうで、それをつかむことを望み、求め、成功への思いに駆りたてられていることが必要であるが、同時にそれを求めず、無頓着でいるべきだからである。これは幸せに関する場合といくぶん似ている。我われは、幸せを求めなければ、自分に楽しいものを探しに出なければ、幸せを見つけられるかもしれない情況を信じないならば、幸せを見つけることはできない。しかしながら、ある日曜日とかバカンスとかに確実に幸せをつかもうとするならば、まずはほとんどつねに落胆することになる。我われの欲求が途方もなく大きくなり、我われは苛立ちやすくなり、どのような不都合や悪条件でもが我われを苦しめることになるからである。こういう情況におかれては、とうてい幸せではありえない。幸せであろうとすれば、躓きや不運を受け入れることを心得、何も期待しないことを知らなければならない。そうすれば、幸せが我われの前に立ち現れるだろう。

重要な仕事にかんするときには、うまくやってのけたいという欲求自体がさまざまなかたちで障害になりかねない。成功は一般からの承認であることを銘記しなければならない。我われが何をしたかを議論し、それを評価し、我われについて語り、それを認めるのは世間の人びとである。この場合、多くの人びとは、好評をえようとして、世間に気に入られ、世間の求めるものをつくろうとして心を砕く。そうするのは誤ってはいないが、それだけでは絶対に不十分である。たとえば、ある小説の成功は、まったく予想しなかった何かからも、どんな読者大衆も事前に想像しえなかった何かからもたらされるのである。誰一人、著者も読者大衆も想像しなかったような革新、創造から。成功のためには、絶対的に新しく、人びとをまごつかせるような何かが必要であり、それが全面的な成功か失敗かを決定するのである。新しさ、冒険、意外性、したがって不可知性は、大作の基本的要因なのである。

それゆえに、大衆の好みに迎合し、その愛顧を求めることだけに腐心する作家、消息通、批評家らの進言に従い、賞の審査委員らが何を考えているかだけを察知することに懸命な作家は、重要な作品を生みだすことはけっしてできない。すでに知られた、古くなったものしかつくれないからである。彼の読者がすでに知っているものしか書けないからである。

もう一つの要因は、読者の好みや反応がけっして均一ではないという事実に由来する。ある人びとは、成功は、認められ、評価され、称賛されるということのなかにあると考える。それも事実である。しかし、議論され、批判され、羨まれ、憎まれるということのなかにもそれはある。他人の意見をあまりに気にする者は、まず疲れはててしまう。すべての人を満足させるためには、作品のなかにありとあらゆるものを入れ、テーマを細かく区分し、すべてを細分化し、ありったけの愛想をふりまかなければならない。これと反対に、価値のある作品は、テーマが首尾一貫して明確である。したがって、断固とした選択・除去の成果なのである。

最後に、闘志の複雑な作用または働きがある。我われを取りまいている人びとは、しばしば、故意に我われを誤らせようとする。これは厄介なことであり、我われとしては受け入れるのに苦労することである。なにしろ、自然のままとすれば、我われに話し、助言し、我われに関心を示すのは友人だと我われとしては考えるからである。ところが、我われは嫉妬と羨望の対象なのである。嫉妬者は我われの愛する者を傷つけようとし、あるいは、我われが彼をなおざりにしたとして復讐しようとする。羨望者は、つねに、なんとしてでも、我われの不運・不幸を望むのである。

だが、最も大きい危険は、他人の羨望からではなく、我われの羨望からくる。

羨望は偽装した感情である。我われが自分よりも優れていると見ている人物との一体化または同一視から生まれる感情である。この人物に追いつけると思えるときまで、我われは競争意識に駆りたてられる。これに反し、彼と我われのあいだの距離が増大したときには、彼に追いつくことはもはや望めないので、我われは彼を自分のレベルまで引き下げようとする。あんなやつは何者でもないなどと我われは言う。

このように振る舞うことによって、我われは本質的なあるものを失う。それは我われの規範であり、我われの理想である。我われの案内役となり、高いところへ我われを引き上げてくれたはずのものを破壊してしまうのである。自分の仕事に集中するのではなく、競争者、成功者のことばかり考え、その人びとに羨望を抱いている者は、そういう不毛な怨恨《えんこん》を抱くことで自分のエネルギーを浪費するだけでなく、自分が盲目になってしまう。自分の価値ももはやわからず、何かをよくすることへの情熱も枯れ、学ぶことさえもはや忘れ去ってしまう。羨望者は、彼を目標から遠ざけているものだけを探そうとして、あたりを見まわす。

それ故に、何をしているにせよ、仕事が何であるにせよ、唯一の救いは、その仕事に全力を傾け、それを完璧におこなえるように努めることにある。ギリシア人にとっては、それが徳性であり、能力であり、卓越だったのである。

冒険できる人

私は、ある会合に行かなければならない。ここでは、来たるべき数年に関わるある企業の広告が展示されることになっている。我われはこのために長いあいだ努力してきた。はじめは、疑念があり、それに関係する調査があり、解決するための研究があった。多くの方法を調べ、多くのエージェントに相談もした。そのなかの一社を慎重に選択した。そして、そのエージェントはたしかに、もっているすべての方策・手段をこの事業のために提供してくれた。それにも関わらず、我われは不安な気持で、その結果が出るのを待っている。

映画をつくった人は、これから公開するという段になって、観客大衆がそれを受け入れ、喝采を送ってくれるかどうかを、どうやって知ろうとするのだろうか。それが成功を博した後になれば、すべては簡単で理の当然ということになる。しかしそれは、すでに起こったことについての幻の、つまりは裏付けのない理であり論理である。

人生は、その本質において、その構造において、企画であり冒険である。ひたすら待ち、期待するほかない不確かなときがつねにある。何千年このかた、民衆と文明の運命は、戦争に、しばしばたった一度の戦闘にゆだねられてきた。戦い争う双方ともが、資源、人員、組織、勇気、象徴、歌、伝統の力をたったの一点に集中し、蓄えてきた。翌晩には、どちらかいっぽうが打ち破られ、永久に粉砕される運命である。

我われもまた、個人の場合と同じように、どんなことをしようとも、この生存の法則を免れることはできない。私は、学校から試験を排除しようとする教育学者たちを理解することができない。試験は教育の不可欠な一部である。このストレスを子供たちから除いてやりたいとする親たちが、私にはわからない。生きるとは、予測し、算定し、ストレスを抑制することである。

試験に立ちむかったときにはじめて、我われはどれだけのことをできるか、しなければならないかを悟る。最初は幻想を抱きがちであり、こうあってほしいと思うとおりに社会を想像してしまいがちである。学生は分厚い本に向かい、よけいなことは何も考えまいとし、近づく人を追い払う。しかも、試験の日が近づくと、学生の心はいっそう苛立ち、疑い深くなる。口頭試問がどういうふうにおこなわれるのかを知ろうとし、現実に近づきはじめる。

企画も、はじめはたんなる空想であり、夢である。それを現実のものにするためには、我われの心のなかに、現実のすべての面、起こりうるすべての選択を構築しなおさなければならない。あらゆる行動が出会うあらゆる計略や罠、社会があらゆる段階で否応なしに課しているあらゆる〝試験〟を予見しなければならない。

こういうあらゆる移行に際して、そのつど我われは戦闘前夜の気分になるように努め、どこかで誤っていないか、どこか重要な細部をおろそかにしていないか、やたらに興奮してしまっていないか、冷静で客観的な気持でいるかなどと吟味しなければならない。現実を、現実の不安を、現実の不確かさを、可能なかぎり再生・再現しなければならない。

そのためのプログラムをよりよく作成するのは大きい組織である。それぞれの要員がそれぞれ固有の問題に取り組むからである。調査研究、コンサルタント、テストを有効に活用することによって、現実はよりよく反映されることになる。これに反して、孤立した個人では、たとえ非凡な人であっても、彼の先入観、彼の好みに引きずられやすい。それ故に、独裁者は、たとえきわめて明敏であっても、どこかで誤りをおかす。他人の声を聞かず、現実のメッセージを受けとらないからである

現実の側へ歩み寄り、その厳しい試験・鑑定をとことん受け入れることによってのみ、我われは将来の危険をより小さいものにするという期待を抱くことができる。

忍耐を習得できる人

忍耐あるいは我慢ということを考えるときにどんなイメージが胸に浮かぶかと聞いてみると、あらまし次のような返事が返ってくる。〝あきらめた女、牛、時間をもてあましている老人〟。これと反対に、我慢のなさでは、〝元気のいい若者、横柄に命令を下すチーフ、美人で気まぐれな女〟。我慢と我慢のなさを、目の色や鼻の長さなどのように生まれつきのものと見る人びとはたくさんいる。ある人びとはためらいもなく、夫あるいは妻の我慢のなさを自慢してのける。「一瞬もじっとしていられないし、長話にはまったく耐えられないのですよ」と、あたかもそれが活発な知性あるいは性格の強さの証しででもあるかのように言う。

しかし私はこの人びととは反対に、忍耐あるいは我慢強さは根本的な美徳の一つだと思う。まず言っておきたいのは、それはけっして生まれつきのものではないということである。忍耐は習得するものであり、強い意志の力でもってつくりあげるものである。幼児は我慢を知らない。空腹になれば泣くし、母親の姿が見えないと不安でこれまた泣く。若者も我慢を知らず、学校に何時間か拘束されることに苛立つ。しかし、幼児であれ、あるいは若者であれ、何かのスポーツ――サッカーでも、釣りでも――をちゃんとやってのけようとすれば、ただちに自分の衝動的な心の動きを抑えなければならない。まず、注意深くじっとしていることを学び、ついで、そのときがくれば――一瞬前でも一瞬後でもなく――行動に移ることを学ばなければならない。この動きを完成させるには、同じ動作を忍耐強く何百回もくり返さなければならない。

多くの人は、忍耐強さを、怠惰、無関心、無気力と混同している。これらは、生命力の欠如を特徴とする精神状態である。これと反対に、忍耐強さは、大きな生命力をコントロールする能力であり、しかも混乱することなく、目的に向かってその生命力を誘導する能力である。人生の困難な時点では、一つの目標を粘り強く追求し、精神の全力を傾けてそれを求めることができなければならないし、あるいは、保つことをも知らなければならない。怒りを爆発させたり、扉を打ち壊したりすることのほうがどんなに容易なことか！　とりわけ困難なのは、一度目、二度目、三度目の躓きに耐え、しかもそのつど、やりなおし、隊列を組みなおし、新たな方策、新たな同盟を見出そうとすることである。

競争、取引、病気、さらには恋愛さえも含めて、重大な試練に立ちむかわなければならないときに、本当の困難は、毎日毎日、毎月毎月、およそ残酷な不確かさに耐え抜くということである。こういう場合、忍耐強さとは、勇気の別名である。

勇気または気力は、はじめることの能力であり、忍耐は再度挑む能力である。毎朝、毎時、毎分ごとに再生しなければならないからである。〝しぶとく食い下がる〟ためには、何度でもくり返さなければならない。

若者たちは、家族のなかにいるかぎりは、短気であること、即ち、両親によって保護されている幼児のように振る舞うこともできる。試練のときは、彼が職に就《つ》いて働きはじめる際に訪れる。そのときに彼が驚きをもって気づくのは、彼が不穏当な言動をしたとしても誰一人それを正してはくれないということである。そして、あらゆる誤りは自分で償《つぐな》わなければならないということである。

この時点から、職業上のすべての進歩・向上は、他の人びとを観察し、研究し、理解する能力のいかんによって決まる。他の人びととは、同僚であり、上役であり、あるいは顧客である。しかも、自分の主張を語るときがきても、自分を抑制し、慎重に忍耐強く振る舞わなければならない。

短気、苛立ちは、つねに周囲に当惑と困難を招来し、ついにはすべての人を敵にしてしまう。帰宅したときにすべてがととのっていないと怒鳴りちらす父親、秘書をたえず叱責する事務所長、部下をこき使う幹部はその好例である。この種の人びとは、短気・苛立ちを横暴の道具として用い、他の人びとの生活と労働を毒してしまう。

何であれ成功しようとするものは、この種の気まぐれを自分に許してはならない。たとえば、客の視線にさらされている店員は、つねににこやかで、忍耐強く振る舞うことを求められる。しかし、大マネージャーであっても、部下の同意をえようと思い、彼らに本気でやる気を起こさせようと望むならば、彼らの意見を聞き、語りかけ、説明し、彼の思うところの根拠を示す用意がなければならない。それは部隊の指揮官の場合と同じである。全力を傾け、あるゆる努力をしなければばならない。そして、そのための忍耐強さをもたなければならない。

挑戦し続ける人

国民・民族の歴史においては、大きな創造力が生まれて人類の進歩に決定的な貢献をすることができるという、恵まれた時代というものがある。それはたとえばギリシアとイタリアの都市国家に、とりわけアテネとフィレンツェに見られた。この両者とも、今日の国家にくらべれば遥かに小さいものであったが、知性と才能において遥かに勝っていた。

このことを説明するために、人びとはしばしば、生物学的・遺伝学的な何か、あるいは知的にとくに優れた種族などを考える。しかし実際には、最良のものを創りだし、優れた企画を立て、不可能と思える事業に挑むべく人びとを駆りたてるのは、社会環境、文化、人間関係でなければならない。

貿易業者は新しい航路を開拓し、都市は新しい植民都市を築き、人びとは新しい技術を追究し、あらゆる分野――スポーツ、知識、芸術――での競争を受け入れた。すべての市民が、美しいものに対してきわだった嗜好《しこう》をもち、それを要求した。学芸の保護者たちは互いに競いあうようにして、さらに腕を磨くよう芸術家を促した。知的な結果を生んだのは知的な要求であり、天才を生んだのは天才的な要望である。

今日でも同じである。全世界の科学的発見の大半は、数少ない大きな大学か、文字どおり少数の研究所によっておこなわれる。なぜなら、そこには科学共同体とでも呼ぶべきものが形成されていて、全員が討議をし、意見をぶつけあい、刺激しあい、協力しあい、競いあっているからである。それは容赦のない、ともすればはじきだされかねない共同体であり、ここでは誰一人として凡庸なままではいられず、そうであるからこそ、そうならないことを学ぶのである。なにしろ、全世界が彼らに注目しており、彼らに最重要な質問を向け、彼らは適切な回答を与えることを学ぶのだから。

しかし、黄金時代のハリウッドさえも、錯乱の道を試み、不可能事を求める狂気、誇大妄想の共同体であったし、そこでは、より革新的な理念が、さらにいっそう大胆な他の理念を刺激するのであった。それは、混沌として雑多ではあるが、巨大な集合的有機体のように、世界の表明されないあらゆる要求を感知し、その夢をもって答えていた共同体だったのである。

誰も、たった一人では何もつくりだすことはできない。創造も個人的なものはなく、もっぱら集団的なものである。集団だけが、未来のシグナルをとらえることのできる多数の目、多数の耳をそなえている。個人の創造でさえも、何かの共同体によって培《つちか》われている。彼は正しい十字路に身を置き、無数の情報にたえず接している。友人からも敵からも学ぶところがあった。彼の最も孤独なモノローグも実際にはダイアローグでありポレミークであった。隠れ家にいてどんなに孤独であっても、人びとの集うところから目を離さなかった。企業家や政治家は他の数千人の人びととの努力と成果を調整し巧みに利用するが、彼はその彼らとそれほど違わない。集団的緊張と、より優れたものへ向かう意欲を緩めるとき、創造力は停止する。人びとがもはや、遠くに目を向けずに近くだけを見るようになったとき、未来を探知しようとせず現状に甘んじるとき、よりよいものをつくろうと他者を真似るのをやめたとき、夢見るのをやめたとき、ためらいがちになったとき、結果はすべて同様である。注意深く、綿密で、迅速であることを忘れるのは、何かの有機体の場合に似ている。彼は怠惰になり、もはや何も感知せず、反応しない。こういうことは、国にも、政党にも、都市にも、企業にも起こる。拡大・発展の局面の後に、停滞と頽廃がとって代わる。挑戦の意志は放棄され、戦略的視点は戦術にとって代わられ、改革者に代わって能吏型人物が席を占める。このとき、個々人の創造力も消え失せる。創造力はあまりに多くの障害にさえぎられ、理解されず、凡庸の波に呑みこまれてしまう。

長もちする人

力でもって他の人びとを圧倒するスポーツ選手がいる。その熟練は見事なもので、もはやライバルが見当たらないほどである。まるで負けを知らないかのごとくで、すべての人が彼を話題にし、その成功と勝利は永遠に続くかとさえ見える。ところが、彼にそれまで勝利をもたらしていた異常な力が不意に失われ、その名声は突然に消え失せる。

ここで私が思い浮かべるのは、スペインでのワールドカップで勝利を勝ちとった立役者の一人であった、〝ユヴェントス〟のセンター・フォワード、パオロ・ロッシのことである。彼には稀に見る技量があった。それが僅か二、三年のあいだに忘れられてしまうというようなことがどうしてありうるのだろうか。しかし、事実はそうなのである。パオロ・ロッシは舞台から姿を消し、そのポストをプラティーニに、ついでマラドーナに譲った。

他の人びとはたちまちにして姿を消してしまうのに、何年にもわたって地位を保ち、何年にもわたって有能で、脚光を浴びつづける選手がいるのはなぜだろうか。彼はどこが他の人びとと違うのだろうか。身体の構造だろうか、生理学的なちがいだろうか。それとも違いは、心、精神、意欲のなかに求めるべきだろうか。

そう、目を向けるべきはその方向である。心のもち方、そして意欲に。

輝かしい経歴をもった選手はすべて、彼を駆りたてた内的な衝動を抱いていたのである。彼らの多くは、貧しい街区の出身であり、スポーツは、そこから脱出するための唯一の道であり、自らを解放するための唯一の手段であった。スポーツの世界では、学問や芸術の世界でのような長期の準備期間を必要としない。そこで求められるのは、肉体的な力、筋力、ある種の才能、とりわけ、成功への執念、怒りに似た思いである。優れたボクサーのほとんどがいまや黒人であるのはそのためである。それ以外の人びとは、リング上でとことん殴りあい、命をも落としかねないスポーツに身をゆだねる決心がもはやつかないのである。黒人は違う。彼らは、ゲットーから脱出するためなら、破滅する覚悟も、ときには殺される覚悟もできている。

この異常な動機も、成功をかちえたときには、意外な変容を被ることになる。チャンピオンとなった彼はいまや豊かであり、快適な暮らしを送ることができ、くつろぎをも願うようになる。それと同時に、大きな自信をもつようになる。自分が成功した理由を、自分の能力だけで説明する。その成功は、他の多くの要因に、他の多くの人びとに負っていることを理解しないか、あるいは忘れ去る。彼を見出し、彼にすべてを賭けた人びとがいるのである。さらに、彼の成功は、一般の大衆、幸運、ときには相手の不運にさえ依拠しているのである。こうして彼は、しだいに現実との接触を失ってゆく。そして、尊大になり、わがままになり、練習を怠るようになり、ついに敗れて舞台から消える。

この病を免れるのはどういう人物か。それは、ふつうの人であり続け、自分を他の人びとと同じに見続けられる者だけである。それまでの彼の人生航路は、彼が一人で歩んだものではなく、多くの人の支援を受けたおかげであることを理解できる者のみである。

さらに、往年のエネルギー、体力、断固たる決断力、怒りに似た情念をもはやもちえないと自覚した者も、それを免れることができる。その自覚のゆえに、彼は失ったそれらの代わりに、経験、プロ根性、体力を管理し、集中する能力を身につける。

右に述べたことは、スポーツだけに当てはまるのではない。歴史は、無の状態から、貧困から、疎外された環境から生まれた人びとによって、大きく影響されてきたのである。ある島に貧しく生まれたナポレオンを例にあげよう。彼には、肉体を思いのままに従わせ、必要に応じて眠ることさえできるほどの、強くて不屈な意志があった。しかし、そのナポレオンも現実との接触を失うにいたり、自分を不敗と考え、神と見なすようになった。彼の没落は、その成功が多くの条件と、多くの歴史的要因、即ち、革命の神話、輩下の兵士たちの欲求、そしてヨーロッパ諸国民の願望の一致に負っていることを忘れたときにはじまった。

もっと深い教養と、人の言に耳を傾け反省するもっと大きな能力があったならば、彼は没落を免れたであろう。

このことは、すべての人に、そして我われの日常生活にも当てはまる。我われの誰もが、心の深いところに、解放されたいという欲求を秘めており、我われを前へ駆りたてる最も強い動機はこれである。しかも、我われのすべてが、事業、恋愛、芸術、学問等で成功をかちえると、それが誰の、何のおかげかを忘れる傾向にある。多くの支配人、マネージャーがこの誤りをおかした。その成功が、妻によってつくられた平和な家庭生活、友人たちの誠実さ、部下たちの献身のおかげであることを、彼らは忘れたのである。こうして彼らは、徐々に、怨念、欲求不満、苦渋の念をその周囲につくりだしたのである。そしてついにある日、危険を前にして自分が孤独であり、打ち倒されたことを悟る。しかし、こういう状態に対してさえ、教養と専門能力は何らかの策を講じることができる。

復活できる人

若いときには活発な創造力を発揮し、優れたものを次つぎにつくりだす人びとがいる。それに続く時期には、それまでに獲得した成功によって生き、それを維持してゆく。しかし、ある時期に達すると、新しいものはもはや何ひとつ生みださず、急速に凋落《ちょうらく》してゆく。これと反対に、別の人びとは再生する力をもっていて、高齢に達するまでその全生涯を通じて優れたものを生みだしてゆく。

これはあらゆる分野で見られる現象である。ここで思い出すのはチェーザレ・ベッカリアの場合である。彼は若いときに、『犯罪と刑罰』という名著を書いたが、その後は何も書かなかった。これに反し、カントはほぼ六十年にわたって不朽の名著を次つぎに書いた。同じような現象は、文学や音楽、さらに実業やスポーツの世界にまでも見られる。

こういう違いはどこから生じるのか？　それは、冒険をあえてする能力、自分自身と自分の価値と自分の作品と自分の思想を検討しなおす能力、やりなおす能力に由来する。

根拠は深く普遍的である。それは生活の性質そのものに関わっている。生活・人生は、そのすべてのレベルにおいて冒険であり、リスクである。生命ある者はすべて、食べるものを入手し、略奪者、寄生動物、微生物から身を守らなければならない。それをしなければ、死ぬほかはない。たえず新しい問題を察知し、解決しなければならない。これは個々の細胞の段階からそうなのである。

解決を要するあれこれの問題をかかえていない知能はない。知能とは、それらの問題を見てとり、それに対処し、解決する能力のことである。創造性とは、同じ一つのことをするに際して、より大胆、より果敢、より新しい姿勢のことである。天分は、その人物が暮らす社会と生活の所産である。社会が彼に多くを求めるならば、文化的環境がひじょうに困難な問題を課するならば、彼は天才的な解決策を見出すであろう。

最大の詩人、言語の創造者であるホメーロス、ウェルギリウス、ダンテ、シェークスピア等は、まだ何もなく、民衆全体が自分らの用いる言語を待ち望んでいた、早い時期に出現した。偉大な芸術作品は、文芸の保護者や要求の多い愛好者が存在するがゆえに生みだされる。偉大な発見は、文化と、科学的・学問的環境とがそれまでになかった異才・非凡を求め要求するところでおこなわれる。

個人は、何かに成功しようとするならば、この要請を受け入れ、さらにはそれを自分自身のなかで育まなければならない。レベルをより高いところに設定しなければならない。個人にとっても国民にとっても、凡庸に慣れ親しんでしまうこと以上に悲劇的なことはない。

誰であれ、その地歩を守るためには、彼にとって十分と思えることのうえに、さらに十パーセントをおこなわなければならない。それをしなければ、後退を余儀なくされる。留《とど》まっているだけのためでも、大きな努力が必要なのである。記憶について考えてみよう。我われはこれまでに憶えたことをたえず忘れつつある。新たなことを不断に学ぶことによって、バランスが保たれるのである。しかし、いっそうの進歩と前進を望むならば、文字どおり身を投げだしてかかり、未知の衝撃に立ちむかわなければならない。言語の習得に用いられる〝全的没入〟は、この原理にもとづいている。

すでに知っているしぐさをくり返すだけでは、何かの技術・技芸を完全なものにすることは誰にもできない。改善し、よりよいものにするためには、新しい事例を研究し、新たな道を追求しなければならない。そうすれば、我われがおこないつつある行動もその恩恵を受けることになる。

その一生を通して創造的であり続けた人びとは、文字どおりの変化を何度も経験している。誰もが学校で学ぶことだが、芸術家にはいくつかの側面と時期というものがある。ピカソは印象派としてデビューしたが、やがてキュービスムを創始した。カントは人生の半ばを過ぎてから大転換をし、『純粋理性批判』を書いた。その後さらに転換し、はじめは道徳に、次いで美学に関心を傾けた。

しばしば、こういう移行・転換は苦しいものであり、劇的でもある。なにしろ、その人は、未知の、新たな分野に身を投じて、失敗するかもしれないのである。しかし、変革は、危険が現実のもので、リスクが現実のものであるときにはじめて起こる。

このときに思い知るのは、創造性を保ち続けるためには、精神的資質――勇気

——も必要だということである。なぜなら、一つのことがうまくいったときには、そこでおこなったことを利用し、くり返すことで、公認、賞、メダルを手にしたいという気持が強いからである。

私は、才能に恵まれていた何人かの人びとを知っているが、彼らはある時点で、新しいもの、変化、成長が怖くなったのである。そして、自分の過去のなかに、自分の家のなかに、自分の平安のなかに、習慣のなかに閉じこもってしまったのである。まるで、年金生活者のように。彼らはたちまち舞台から消え去り、以後は何ひとつ生みださなかった。

真に旅する人

旅は前向きの能力であり、これを通して人びとは自分自身と自分のアイデンティティをつくりあげ、同時に、新たな人間関係をつくりだす。ヨーロッパの歴史は、旅から生じた新しい関係、交換、闘い、接触の結果である。しかし、深く掘り下げてみると、旅のもつ創造的な力、豊かにする力は、奇妙なことに、喪失と苦悩から生まれていることに気づく。

そのことは、ユリシーズあるいはギルガメシュ（オリエント神。バビロニアの英雄叙事詩の主人公）の神話世界の旅のなかにもはっきりと見ることができる。ユリシーズは何年かにわたってさまようことを余儀なくされ、戦利品も仲間もすべて失い、〝ゼロ〟の存在となる。ギルガメシュは、神に招かれて、王宮を去り、世界の果てまで至り着くが、そこから不老長寿も青春も持ちかえることはできない。中世にあっては、諸国遍歴の騎士たちは、宮廷を去って、神秘の森の奥深く単身分け入るが、そこには、怪物や巨人、苦悩や恐怖が待ち受けている。勇気と成長を与える代償として、旅は、不安をもたらすすべてのもの、自分の家、日常の安全で楽しいすべての関係からの完全な離脱を要求する。社会的な身分を放棄し、各地をさまよい、〝ゼロ〟になり、その後にふたたび見出され、以前とは異なる、よりよいものとして再生することを求める。したがって、我われの伝説においては、旅は、真正ではない、表面的な身分を放棄して、自身のより真正な身分を見出そうとするものである。自身の悪徳、傲慢、虚弱、偏見を払拭純化して、より高い価値に到達し、偏りのない目をもって世界を識《し》ろうとするものである。

現代の組織された旅行やバカンスは、この理念からははるかに遠いものである。物理的・空間的な移動はあるが、危険、不便、異者との接触、放浪は、ほとんどないに等しい。バカンス村では、いつもと変わりない都市的生活、快適な設備が待ち受けている。たんに、引率されての参観、スポーツ観戦のようなものになっている。

今日、旅に理想的な意義を求めるならば、それは別のかたちでなければ実現されえない。一つは、移民することであり、遠い土地へ働きに出かけることである。我われのところへやってくる共同体外の人びと、多国籍企業の社員、企業によって世界各地に派遣される我が国の労働者たちは、それまでの慣習から離れ、外国の言語を学び、現地の人びととの新たな関係を結ばなければならない。近い将来に、関税障壁の撤廃にともなう新ヨーロッパの創設は、この試練に立ちむかう勇気をもつ人びとの手にゆだねられることになるだろう。

しかし、別の種類の旅もある。それは空間においてだけでなく、意識のなかでもおこなわれる旅である。私がいま思い浮かべるのは、外国のどこかの重要な大学への長期間の研究をしに出かける研究者や企業幹部のことである。彼らは、それまでの特権、地位その他を置き去りにして出かけていく。これもまた、自分を浄化し、謙虚さをとりもどす機会である。これは、たんに学ぶだけでなく、自分の過信・慢心をしりぞけて、考えなおし、すべてを距離を置いて見なおすための好機である。

奇妙ながら、旅の真の効用は、そこで出会う異なる世界からではなく、我われのいつもの〝自分〟からの離脱から生じる。肝心なのは、新しい事物に接することよりも、すべてのものを異なる目で見るのを学ぶことなのである。

こういう状態に達するためには、ふたたび子供に還《かえ》り、社会的認知に恋々《れんれん》とする肥大した我われの〝自我〟を忘れることが必要である。それゆえ、逆説的かもしれないが、旅の最も有意義な要因は、孤独なのである。

混乱を受け入れる人

きわめて頭がよく、華やかで、有能で、いずれ輝かしい成功を手にするだろうと期待される人物がいる。ところが、そうはならない。たしかに、良好な成果をあげ、一応の成功も収める。だがそれは、既成の組織のなかで、すでに知られた方法によってである。新しい方式を創出し、新たな道を切り開くのは彼ではない。これと反対に、それほどには頭がよくもなく、華やかさでも有能さでも劣りながら、画期的なことをしてのける人物がいる。

学校で一番である人間は実社会では一番になれない、といわれる根底には、こういう事情がある。だが、それは事実ではない。実際には、学校での成績は実務についてからの成績と関連している。むしろ、これら二つのかたちの知能はすでに学校で現れるものだと言おう。前者は系統的能力であり、すべてにおいて好結果をあげる。学校が求めるものによく応え、順応的である。これに反し、後者は自身のなかに不安の要素を抱えている。何をしても、多すぎたり少なすぎたりする。少年であれば、内部に自分のリズムをもっているために、教師のリズムに完全に従うということができない。彼には、不可解なあれこれの遅れがあるかと思うと、その後、周囲を驚かすほど加速したりする。

これは、彼の精神にとっては、創造力成育の過程が断続的であるということによるものである。創造性とは、つねに、既存の秩序の破壊であり、新しい秩序の建設なのである。

しかしながら、創造性も、はじめは、同調し、信じ、真剣に対応しなければならない。真に創造的な人物は、まずほとんどつねに、懐疑的であったり、むやみと批判的であったり、独断的であったりということがない。注意深く、こだわりがなく、文字どおりに無邪気である。しかし、やがて、自分の内部に不協和音、矛盾があることに気づく。何か不可解だという印象をもち、疑念を抱く。ここで彼は論証を試み、再考し、他の可能性に思いを向けたりする。この段階では、彼は思い惑っていて、無気力で、鈍感にさえ見える。が、やがて突然のように解決策を見出す。

創造的な人物は、その生涯を通じて、幻滅、懐疑、戸惑い、混乱に出会う。秩序だった人物は、既成の方針に沿って行動し、どこから出発してどこへ到達するかを知ろうとするから、そういう不確かさには耐えられない。何事も偶然、冒険、不確定にゆだねたりはせず、すべての要因をコントロールしようとする。芸術家は公認の標準の前にひれ伏し、ジャーナリストは大衆が期待していることを語ろうと努める。学者は、仲間・同僚を苛立たせず、その批判を招かないように腐心《ふしん》する。ひとたび計画が定まれば、たとえ外部の条件が変わったように見えたとしても、それを遂行してしまう。すべてはつねに秩序だっていなければならないのだから。

これと反対に、創造的であるためには、自分自身のなかに混乱、無秩序を受け入れなければならない。創造的な人物は、何かの本を書いているあいだにも、よいアイデアが生まれ、まったく別の本を書くこともできる。創造的な企業家であれば、好条件の新たな市場が生じたことに気がつけば、計算をすべてしなおし、必要とあれば、その計画を立てなおしもする。これらは、粘りや根気が足りないというようなことを意味しない。むしろ、きわめて粘り強いのだが、たんに慣習にだけ従うのではないということである。たんに一度決まったというだけで、何かをおこなうのではないということである。

創造性は、リスクと背中合わせであるから、勇気をも必要とする。リスクは現実の危険を意味する。誤りをおかす危険、あるいは方策を見出せない危険。結果がまったく不確かであり、不首尾に終わるかもしれないということでもある。創造的な企業家は本気でその運命を賭《と》することもあえてする。そのためには、たえず生じる無数の困難や障害を克服するために全力で格闘する。自分の精神的・知的能力のすべてを投入する。

創造性の鍵となるのは、秩序・規律を強く求める心と、無秩序・混乱に立ちむかってそれを制御し、より高度の秩序・規律を生みだす能力との共存である。ただ華々しいだけで、無秩序で表面的な人物、偽りの創造性との違いはここにある。このことは、彼が秩序・規律を深く理解することも、それを心底から、受け入れることもできないという事実から見てとれる。真に創造的な人物とは、問題の奥底まで分け入り、そうすることで矛盾や欠陥を見つけだす人である。

これに反し、表面的で浅薄な人物は、たえず気が散っている。新しそうなものはすべて真《ま》に受ける。成功した人を模倣し、常套句を用い、他人の見解をオウムのようにくり返す。そして、たえず変わるが、その変化は彼の内部からくるのではない。

無秩序な、規律のない人物は、創造性のパロディである。創造性は、無秩序から秩序を生みだす。そして、全体、調和、総合を指向する。無秩序な人物は総合を夢想するが、細かなことにこだわって全体を見失い、たえず道に迷う。忙しぶって、その実何もしない。

別の型の偽創造者は、批判的批判家である。何事もけっしてよしとしないタイプである。好んで告発し、激しく非難し、打ち壊すタイプである。何かの欠点を暴《あらさが》きだし、失敗をさらけだし、矛盾をあらわにすることだけが彼の喜びである。こういう輩も建造するすべは知らない。打ち壊し、粉々にすることだけを心得ている。しかも、他人の仕事に対してそれをするのだから、自分は何の危険も冒さない。自身は何にも関与しないのである。

新しいものに心乱されない人

一九六七年秋、ミラノ・カトリック大学で、すでに数年前から続発していたものとは少し異なる紛争が起こった。〝夜間部〟学生の傍らには、昼間の学生も群がっていた。数名の助手が、〝黒人霊歌〟で煽《あお》られて熱狂した雰囲気のなかで、ハンガーストライキをはじめていた。これがいつもと違うと気づいた人は僅かであった。これが、イタリア全土を覆いつくすことになる大規模な学生争乱のはじまりであることを理解した人はごく少なかった。七〇年代の半ばには、イタリア経済は停滞の様相をあらわにしており、政治体制は〝赤い旅団〟に意のままに操られ、マルクス主義は不敗に見えた。ところが実際には、世界的規模でのマルクス主義の崩壊がはじまっていたのである。これを察知するためには、いくつかのかすかな兆しを読みとることが必要であった。とりわけ見落としてならなかったのは、イランの革命であった。この革命は、五十年来この方はじめて、マルクス主義者ではなく、イスラムの主導の下におこなわれたのである。一九九一年には、社会党とキリスト教民主党の連立によるクラクシとアンドレオッティ体制の頂点に立ったセーニが、一見したところでは第二義的でありながら、全国民的なコンセンサスを呼び起こす国民投票を約束する。

新たなこと、社会的大変動は、そのはじめには、誰でもが気づくようなあらわなかたちで起こるのではなく、人目を欺《あざむ》くように、奇異なもの、風変わりなもののようなかたちで現れる。一般の人びとはもちろん、専門家さえもそれに気づかず、気づいたとしても、その重大性は理解しなかった。新たなことは、つねに思いがけないこと、予測しえないことである。百万の人びとを訪ねてまわり、何か新しいことがあるかと尋ねれば、人びとは目の前に見ていること、新聞で読んだこと、話しあっていることなどを答えるだろう。そういう仕方で人びとが示すのは、新しいことではなく、古いことである。より多くの人に尋ね、人びとの共通項、人びとが一致できることを聞けば聞くほど、明らかになるのは、人びとの先入観、おしゃべり、即ち過去ばかりである。

それでは、新しいことを探り求め、それのほんのかすかな兆しをつかみとるにはどうするか。これは我われすべてにとっての問題であるが、とりわけ、消費者や競争の新しい動向、市場の変動を把握しなければならない企業にとっての大きい問題である。

経験の示すところでは、この場合、二つの方策を講じなければならない。その第一は、それぞれの専門領域をもつ多数の専門家の意見を聞き、そこから浮かびでる概観をつかむことである。即ち、社会的変動の大半は、科学的発見、技術革新の結果なのである。そういう発見や革新のいくつかは、専門家のすでに知るところであり、いくつかの国ではすでに採用されてさえいる。進んでいる国々、進んでいる諸企業でどういうことがおこなわれているかをくわしく把握することによって、世界の残余の地で、そして我われの国で何が起こるかを察知することができる。

将来を予測する場合の最大の誤謬《ごびゅう》の原因の一つは、他者のルールとは異なるルールが自分にとっては有効だと思いこむことである。我われの創造力は、つねに極度に限られたものである。我われは、ほとんどの場合、他者が考案し、つくったものを模倣し、採用するだけなのである。もし我われに、技術的により進んでいて、よりよい効率をあげているところで何が起こっているかを観察しようとする謙虚さがあるならば、我われの将来を予見することも可能である。

第二の方策は、より直接に我われ自身に関わるものである。じつは、新しいものを見ようと欲しないのは我われなのである。というのは、我われは保守主義者であり、世界を理解し分類するのに用いている方式・図式を検討しなおすことを好まないのである。しかも、新しいものとはまさにそういう方式・図式と衝突するものなのである。新しいものは、たんに予測しなかったものであるだけでなく、奇怪で、狂気じみてさえいて、我われを苛立たせるものである。新しいものは、人の心を不安にし、常軌を逸していて、立派であったりいかがわしかったりする。

我われが理解している新しいものとは、我われの心を乱し、不快、苛立ち、ときには不安や屈辱感さえ引きおこすものである。こういう理解の仕方こそは、新たに識《し》ることを我われから妨げる障害であり壁なのである。内部の、感情的な障害である。しかし、この感情そのものが、そのことに気づくガイドの役割も果たすことがある。我われは、自分の声に耳を傾け、自分の反応を記憶に留めることを学ばなければならない。何かが我われの心を乱し、不安にしているとか、あるいは何かが常軌を逸しているとか法外だとか思えたときにこそ、我われはより入念な配慮と関心とをもってそれを観察しなければならない。それこそが、我われの探し求めていたかすかな兆しなのである。

一人で道を歩める人

人生のある時期に、いまだ足を踏み入れたことのない新しい道に入りこむことがある。学業を終えて、職を探すために、郷里を後にし、大都会に出る決心をするときなどにそれは起こる。あるいは、安全な職を棄《す》てて、企業家として生きようとするときに、あるいは、誰かと愛しあい、その人とともに暮らそうとするときにそれは起こる。あるいはまた、政治家、宗教家、芸術家を自分の天職と判断し、その道を進もうと決心するときに。

これらすべての場合に、我われは、安全で予測のできる、見識った世界を後にして、罠や奸策《かんさく》がいっぱいの土地へ入りこみ、結果がどうなるか皆目見当がつかないままに、当てもなしに行動しなければならない。当然ながら、危険は大きく、企ては不安とリスクに満ちている。このときには、知情のすべての精力を傾注しなければならない。

一瞬たりとも注意を怠ってはならず、一瞬たりとも気を緩めてはならない。目標に近づくと、困難がいっそう大きくなるように思えることもある。しかも、もっと衝撃的なのは、困難の半分が外の世界からくるのに、残りの半分は、自分の側、自分の味方であるはずの人びとの離反と無理解からくることである。

つまり、知らない土地でのこういう闘いのなかでの、こういう困難で重大なときに、我われはほとんどつねにひとりぼっちなのである。親しい人びと、両親、子供、夫、妻、親友、親類さえもが狼狽《ろうばい》してしまい、身を引いて傍観するばかりである。ときには彼らは疑い深く、信用せず、我われを批判し、敵方の攻撃から守ってもくれない。

なぜなのか。それは、我われがグループから離れたからであり、彼らの一員ではなくなったからである。グループ、家族・親類・友人らの全体は一つの組織体であり、そのなかでは各人が明確な身分《アイデンティティ》を有している。そして、それぞれの身分が協力して一つのモザイクをつくっている。いま我われは役割を変え、そこから離脱し、いままでの分担をもはや履行せず、モザイクを壊したのである。彼らが抱いているイメージを崩し、その平安を乱したのである。

個々人はグループから離れると、我われを理解できるようになる。しかし、グループの人びととふたたび話すようになると、気持がまた変わり、人びとの反応に感染してしまう。別れたときの彼は理解を示し好意的だったのに、また会ってみると冷たくよそよそしい。こういう当惑・混乱を引き起こすには少しのことで足りる。たとえば、髪型を変えるとか、ひげをたくわえるとか、髪を赤く染めるとかしてみるがよい。あるいは、画家になるつもりだとか、歌曲の勉強をするつもりだとか彼らに言ってみるがよい。

彼らとは違うものになるつもりだとか、新しい道を選ぶつもりだとか言うと、それへの反応ははるかに深刻である。誰も口に出してあからさまには言わなくても、グループはあなたを拒否する。不意にあなたはひとりぼっちになる。彼らの目に、批判と不信の色をあなたは見ることになる。何人かは、尋問の口調で声をかけ、誰かから悪い影響を受けたのか、それともあなたの精神が正常かどうかを確かめようとするだろう。あなたが男だったら、頭がおかしくなったと言うだろうし、女だったら、いかがわしい女だと言うだろう。

こうして、あなたは一人で這いまわるはめになるが、あなたに最も親しいはずの人びとは、あなたの苦しみにも不安にも気づかない。あなたに手を貸そうともせず、それどころか、あなたに難問をつきつけさえするだろう。そして、あなたが彼らのために尽力しないからといって、怒ったり苛立ったりするだろう。むしろ、援助は、見知らぬ人から、外部の無縁の人から差しのべられるだろう。

もし、改革の試みがうまくいかなければ、批判者たちは自分らが正しかったと言って歓喜するだろう。けれども、ふつう、勝利するのは改革を志した者である。彼は全力を傾け、死力を尽くすからである。そうとなると、彼の勝利を見て、グループは彼と彼の成功を横取りしようとして笑みをたたえて彼ににじり寄る。遠い親類はおろか、同郷人までやってきて、誰もが、彼のことは理解していたと言う。「憶えているだろう？　憶えているよな！」と、過去のあれこれをあげて彼にささやきかける。そして、孤独にあれほど苦しめられた改革者は、この集団的、うそによって慰められなければならないことになる。

躓きに耐えられる人

何か困難な計画を成しとげるためには、よほどたしかな動機と異常なくらいの粘り強さが求められる。なにしろ、何カ月あるいは何年にもわたって、気を緩めず、休息もせず、たえず緊張しながら、目標に対して関心を集中していなければならないのである。物事を外から見る人は、そんなことは簡単だというふうに思う。ところが、けっしてそうではない。たとえば、一人の若者にとって、いつも優秀な成績で進級するのは容易ではない。試験問題はいつも複雑で難解だから、大学を卒業するのも楽ではない。

それゆえ、それを乗りきるには、目標に向かって全力を尽くし、没頭し、いわば全身でことに当たらなければならない。いつでも断念しそうなかまえをし、肩をすぼめて後退しそうな姿勢でいたのでは、ことを成しとげるに必要な粘り強さも執念ももてるはずがない。我われが生きているこの競争社会組織のなかでは、他の人びとと対決もしなければならず、打ち克とうとの意欲ももたなければならない。したがって、敗北の危険も覚悟しなければならない。

原始社会では、人間は狩人であり、戦士であった。つねにその生命を賭していた。今日では、競争は、流血こそともなわないものの、経済、政治、さらには芸術や文化さえもの基本的な仕組みであることに変わりはない。そして、この競争場裡では、誰しもが、他人の拍手喝采、称賛と、自分が優越していることの〝認知〟を求めようとする。

しかしながら、この事実、誰も免れないこの法則を認めるとしても、もしも成り行き任せにし、この法則のままに流されているならば、精神の平衡を失うことになると言っておかなければならない。なぜといって、我われの価値、自分自身についての判断を、成功や他人の拍手喝采に左右されるに任せるほどに愚かしいこととも危険なこともないからである。自身ではいかんともしえない要因が無数にあり、偶然、幸運、不運は我われにはどうしようもないものなのである。数多くの科学者や芸術家は、死後にその価値を認められたのである。偉大などれほど多くの人びとが、彼らよりも遥かに劣る者たちの策略や陰謀によって破滅させられたことか！

したがって、我われ誰しもが、ことを立派に、完璧におこなうために奮闘し努力しなければならないと同時に、心の奥深いところに、留保と距離を置くことを心得ていなければならない。成功できないかもしれないし、躓くかもしれない、あるいは真価が認められないかもしれないことを知っていなければならない。ときにはそうなると見越すことさえも。戦士は、彼がたとえ最も精強な戦士であっても、決闘に臨むときには、それが自分にとっての最後の闘いになるかもしれず、死ぬかもしれないということを知っていなければならなかった。むしろ、死のときが必ずあるだろうということを。アキレス（トロイ戦役で名を馳せたギリシアの戦士）は自分が若くして死ぬだろうことを知っていた。

こういう限界、躓きを容認することこそ、謙虚さというものである。つまり、我われのおこなうことなどはすべて不安定な、頼りないものであるという認識である。たとえそれが不確かであっても、不首尾に終わるかもしれないとしても、不当な扱いを受けるかもしれないとしても、ことをおこなうところにこそ真価はある。ギリシア人の偉大さは、成功ではなく、完璧さを追求したところにあった。ヘブライ人の偉大さは、神の意志を実現しようとしたところにあり、その他のもの、富などは余分なものと見なしたところにある。ルターにとっては、救済さえも、天国さえも、我われ人間がそなえているつもりの長所・価値とは無関係に神が与え、ときには与えない余分な何ものかでなければならなかった。

しばしば我われは、現代社会では、道徳の基盤が根本的に変わったと言い、あるいは、もはやどんな道徳もないと言う。なんというたわごとだろうか！　我われの誰にしたところで、他人の意見、判断、無責任な言葉だけを頼りにすることなどできはしない。基盤を見出すことができるのは、徳性・徳義の分野においてのみである。挫折、不正、苦痛などに見舞われたとき、何か徳性にかなったことをするだけでよい、それで我われは救われるのである。

インスピレーションに従う人

インスピレーション、内面からの衝動、あるいは意志的・系統的・組織的な専念の、どれがより重要なものか？　さるアメリカ人から私のもとへ手紙が届き、雄弁家になるすべを教える彼の教本への前書きを書くよう求めてきた。その教本は四十カ国語に翻訳され、いわば奇蹟を成しとげたとも、その手紙では述べられている。たぶん、そのことは事実だろう。方法を学ぶことによって、誰でもが雄弁家、彫刻家、画家、小説家、音楽家になることができる。だが、どんなレベルの？　私が確信をもって言えるのは、たとえ子供のときから専念したとしても、私は最低の音楽家にしかなれなかったろうということである。

何年もかけて熱心に専念することによって、我われが活用していない多くの潜在的な能力を目覚めさせ、結実させることはできる。たしかに我われは、怠慢や惰性から自分でそうと思いこんでいるよりは適応力をもっている。何かせっぱつまった場合などに、思いがけない力が湧き、途方もないことまでしてのけたりする。しかし、それは、そういう情況が新しい力を誘いだし、心身を奮起させたからなのである。

こうして、話は振りだしに戻ったことになる。意志、専念、方法は、まずもって、動機、直観、啓示、インスピレーションがあってはじめて、基本的なものになる。

だが、インスピレーションとは、意志力や粘り強い努力によってひとりでにつくりだせるものだろうか。これは、人類が、それぞれの時代の主要な問題に応じて、さまざまな段階でつねに問いかけてきた問題である。何世紀にもわたって、キリスト教徒たちはこの問いかけを次のようなかたちで提起してきた。「意志の力、精神的な努力によって、信仰・聖徳にたどりつくことは可能なのか。それとも、神の霊感、その恩寵が絶対的に必要なのか」イエズス会は前者の立場をとり、プロテスタント、ルター、カルヴァン等は後者をとった。

この二つの姿勢の背後には、異なる二つの意図がある。イエズス会は、迷える者たちを信仰に取りこみたい、引きもどしたいと考えていた。彼らは自身を一つの軍隊、軍団と見なしていた。そして、完全な訓練を受けた決死隊として、不屈の意志と努力によって目標に向かって進撃することを学ばなければならなかった。これと反対に、プロテスタントは、神を探究し、その声に耳を傾けようとした。心と魂を聞き、神が語りかけるのを待つべきであるとした。神を見失うことをつねに恐れ、自分らが救われるのか罰せられるのかを知らなかった。

この対応の違いは今日でも見られると私は思う。はじめに触れた、『雄弁家になるための手引』を書いたあのアメリカ人は、イエズス会の伝統を引きついでいる。一つの目標、これぞと思う目標を定め、そして、頑強に、規則正しくそれを追求せよ、そうすれば、目標は達成される……。おそらく、アメリカ文化の本質はまさにこれだったのである。あれこれの問いで思い悩むなかれ、選択せよ！そのあとは、方法、方法、方法！

それにしても、カルヴァン主義的文化の最大の後継者たるアメリカ人がイエズス会的思考方法をとるにいたったのはなぜなのかという問いかけが残る。おそらくは、それが資本主義的企業に最もよく適合するものだからであろう。企業とは、その成員の気まぐれや気分に左右されることなく、目的を達成しなければならない組織である。目標を掲げ、それを堅持し、合理的方式によってそれを達成しなければならない。

次いで、アメリカ文化は、企業のカテゴリーを個人に移し、個人が一つの企業であるかのように自分を扱うように促した。〝おまえの心を適正に管理し、おまえのイメージをつくり、それを高く売れ〟。自分自身と他人とをどのように管理すべきかを説く無数の本は、こうして書かれたのである。

しかし、誰かが自分の道、自分の目標、自分の天職を探さなければならないときには、それらすべては何の役に立つのだろうか？　この場合には、努力すればするほど、躍起となればなるほど、目的から遠ざかってしまうものである。人生には、謙虚に期待を抱き、心を開かなければならない時期というものがあるようである。自分が何者であるかも、自分が知っていることも忘れ、より真実な自分の本性が現れるのを期待しつつ、自分の声に耳を傾けるのである。

懐疑に身をゆだね、自分が何者でもありえないと感じるまでそうすることが必要である。そうすれば、自分としての何の価値はなくても、その空白のなかに、その沈黙のなかに、我が天職の低い声が響き、いまだ知らざる道を示してくれるのである。インスピレーションに強く語りかけられる者は幸いである。それを捕え、それに従うことのできる者は幸いである。

真の認識に達する人

私は近日中に、来学年度用の社会学講義の予定表をつくらなければならず、いつもの問題を前にしているわけである。基礎的な素養として、学生は何を知っていなければならないだろうか。学説の基本的概念、古典的な学説についての多少の知識、そして研究方法についての基本。それだけのためなら、社会学についての適切な手引書とその思想史があれば十分であろう。だが、それだけでよいだろうか。これでもって、試験に臨む学生たちは、著者、理論、最近の発見等を知ることはできる。しかし、それだけでは、肝心なもの、つまり精神を見失うことにならないだろうか。

社会学の偉大な理論は、心理学や哲学のそれと同じく、知能、想像力、天才の情熱、時代精神等が客観的に扱われている巨大な体系であり、精神世界である。

それらを理解するためには、忍耐強く、懸命に原著を直接に読み、著者の言語に分け入らなければならない。そうしてこそ、ある時点で、自分自身の心でもって世界を観察し、著者が見たのと同じように、同じ深さ、同じいきいきした感動をもって人生を見ることができる。そして、一度も考えなかったような諸関係や、目の前にありながらけっして捕えることのなかった意味などが明らかになる。我われの心は広くなり、我われの感覚は研《と》ぎすまされる。

それゆえに、『神曲』やシェークスピアの悲劇のような偉大な芸術作品に対してするように、それらの偉大な理論的著作に接することが必要である。困難ではあるが感動的なこの個人的体験を、簡便な手引書や要約ですますわけにはいかない。『神曲』や、ニーチェ、ハイデッガー、フロイト等の思想の要約では、最も崇高な思想が、味もそっけもないものになってしまう。それは、ベートーヴェンのシンフォニーを鼻歌でうたい、それでもこの曲が理解されると言いはるに等しい。

情報が不要だと言っているのではない。学生は著者を知らなければならないし、その思想をつかまなければならない。しかし、情報は、真の認識に達するための出発点でしかない。そして、この見地は、そっくりそのまま、我われすべてに、我われの日常の生活にも当てはまる。我われは、新聞や週刊誌を読み、テレビを見、討論に接するなどして、役に立つ多くの事柄を学び、自分の意見をつくり、〝情報通〟にもなる。しかしながら、こうして二十年間続けても、理解と思考の能力において一歩も前進しないということもあるかもしれない。脈絡のない、混乱した思想やイメージを無数に取り入れても、それを整理することができず、それらに翻弄され、さまざまの方法、さまざまの迷妄にもてあそばれ、紙の小舟のように波のまにまに漂うということにもなる。しかし、それ以上に深刻な結果が生じる。嵐のように降りかかる刺激は、我われの思考力だけでなく感覚をも衰えさせ、我われを干《ひ》からびさせる。そして我われは不安に捕らわれ、不可能になった世界に恐れを抱くようになる。しかも、それを免れるためには、少し音楽を聴いたり、スポーツをしたり、旅行をしたりするだけでは足りない。混沌を抑え、経験を整理し、プラスに転じることを学ばなくてはならない。

それには、宗教が有益である。それは、その場しのぎの祈りではなく、神学的・道徳的な瞑想、精神性と献身没頭をめざす一体化をもたらすものでなければならない。さらに、それにはまた、大思想家たちの著作を読むことも有益である。それによって、自分の隠れている知的・情感的活力を見出し、自分の詩的・思想的能力を呼び覚まし、針路を定めることも可能となる。

羨望に支配されない人

我われイタリア人は、一般に、競争心が強いと見られることを嫌い、成功を求めることを恥とする。教育者たちは、学校で、比較や対照を促すものはすべて避けるように努めてきた。点数方式に代えて、評価方式が採用された。六〇年代、七〇年代を通じて、多くの政治家と知識人は、メリット方式、即ち、より価値のある人間がより多く取得し、昇進・出世するとする原理を批判した。そこでの中心的な考え方は、何をしているかに関わりなく誰もが同じように処遇されるべきだとするものであった。

これと反対に、アメリカ人は競争は有益だと考える。人びとは成功をめざして闘うべきであり、よりよくことをなす者はよく多くの報酬をえ、より大きい名誉を受けるべきだと主張する。その代わりに、アメリカ人は公正という観念にひじように敏感である。競争する可能性は誰にも与えられなければならず、障害や困難をよりよく克服した者はとりわけ評価される。貧しい者、不利な条件にある者は援《たす》けなければならないと唱える。しかし、何人《なんぴと》も競争を免れることはできないとも述べる。

我われがおこなうような選択には、疑いもなく有利な点もある。生活はより平穏に流れる。生き残ることのできる安全な場所をうまく見つけた人びとは多数いる。人間関係は、多くの場合、より平和である。けれども、競争を恐れる社会は、逆説的に、羨望の念のより強い社会である。奇妙に映るかもしれないが、これは事実なのである。

羨望は同一視、称賛から生じる。あまりに遠くの人、あまりに違う人、まったく別のことをしている人を羨望することはありえない。より強烈な羨望は、一人が成功し、他の一人は成功しないというような、仲間のあいだで生じる。俳優は他の俳優を、ジャーナリストは他のジャーナリストを、作家は他の作家を、サッカー選手は他のサッカー選手をそれぞれに羨望する。女たちは女同士で、男たちは男同士で羨望しあう。

羨望は、自分と同じレベルにいた誰かに凌駕《りょうが》されたと気づいたときに起こる。その彼を凌《しの》ぐことができず、競うこともできないときに生じる。こういう場合に、我われの前には二つの道がある。相手の成功を認め、心から喝采を送るか、彼の失敗と破綻を願うかである。成功を称える社会が羨望に駆られることの少ない理由が、いま納得される。それは、競争をも容認をも同じように促す社会だからである。

これに反し、羨望の場合には、我われは行動することを断念し、目標をさえも放棄する。ただ、彼の不成功を願うばかりである。羨望とは、身をすくめ、後退することであり、心の奥底では自分より優れているとわかっている人物を打ち砕きたいという願望である。

羨望者は、競争の困難を前にしたとき、自分の理想を放棄しようとする。傑作映画『アマデウス』のなかで、イタリア人の作曲家サリエーリは、モーツァルトが天才であることを知っていた。しかし、まさにそのために彼を殺そうとした。彼との対決を避けるために。

一般に、羨望者は、その羨望を公正や正義という仮面で包み隠す。このことを見事に描いたのはニーチェとマックス・シェラーである。〝ルサンチマン〟を抱く男は、美男、強者、勝利者を憎悪する。しかも、そういう男たちがもつものは長所ではなく短所だと思いこんでいる。真に長所・徳をそなえている人物は、貧しくて、弱くて、苦しんでいる男、立ち遅れている男、敗れた男、即ち自分だと思いこんでいる。

いわゆるルサンチマンのモラルでは、成功した人物はつねに非難されなければならない。惨めな者、貧しい者、悩める者だけが純粋な心をもっており、救済される資格をもっている。

イタリアでは、キリスト教もマルクス主義もともにこういう型の思いこみを強めたことは明らかである。それのもたらした結果は、我が国では羨望が文字どおりに社会的障害の一つになったということである。文学賞や映画賞の審査委員会があるが、こういう委員会は、一般的にヒットせず、外国へも輸出されるあてのない作品にことさら授賞する。そして、羨望が動機となったこの決定を、芸術的理由で粉飾する。

同じようなことは、大学内での競合の際にも起こる。多くの凡庸な者たちが彼らよりも優れている人物を審査する場合である。それはまた、企業内でも見られることで、無能な幹部たちが企画力も刷新力もそなえた人物を排除したりする。新聞でも例外ではなく、主幹などが彼よりも有名になりそうな記者を迫害したりする。

羨望はどこにでも見られる感情である。しかし、資本主義的伝統のより古い諸国では、競合、競争を奨励し、価値を正当に認め、成功に拍手を送ることで、この感情を弱めるべく努めてきた。これらの国では、文化が、個々人の萎縮を防ぎ、よりよく振る舞い、行動するように、他の道を探すように、立派な人物を称賛するように促し、導いている。

自分らしく生きる人

自分の感情を恐れない人

最近のことだが、講演会に列席し、聴衆の質問と講師の回答を聞く機会があって、このときにはっきりと悟ったのは、多くの人びとが自分の感情に恐れを抱いているということであった。それを私は、一種の不快な気がかり、不安な心の動揺、生活についての苦しい錯乱と解した。人びとにすれば、疑念や悲しみや不安のない、胸騒ぎや泣く思いもない、怒りや悔いや罪悪感などを覚えることもない、安定していて、いつも晴朗で平穏な心の状態を望むことだろう。

誰しもある朝、理由のわからない悲しい気分で、不安な予感を覚えながら目覚めることなどは望まないはずである。ある宵、得体の知れないノスタルジーに胸を嚙まれることも望まないに違いない。友人の死に際して覚える悲しみは耐えがたいものだし、死を思うこと自体がおぞましいことだと考える。これらの経験はすべて気の滅入ることである。

しかし、同時に人びとは、試験に思い悩む自分に、あるいは、思いがけない無礼に接してただ気弱に思い悩む自分に気づいてうんざりするということもある。何か実現できなかったことについてくよくよしたり、十年も二十年も前の何事かについて後悔したりするのは、愚かしく不合理なことだとも考える。こうして、ことあるごとに人びとは、抗うつ剤、精神安定剤、あるいは忘却を促す何かをえたいとも願う。

しかし、私は反対に、我われの感情というものは我われの性情の本質的な一部であり、知ること・認識の不可分な一手段なのだとつねに考えてきた。我われは、自分が欲するもの、好むもの、恐れるものだけを見、感じるのである。すべての生き物についても同じことがいえる。かもめは、腹がすいているから、海中を泳ぐ魚だけが目に入る。雌鶏は、恐ろしい鷹だけを空に見ようとする。私は、水際に遊んでいる息子に目を向ける。もちろん、息子を愛しているからである。

人間の知能は、象徴と調整についてのひじょうに優れた能力をそなえている。およそさまざまな目的のための観念的・物的な素晴らしい道具をつくる。しかし、それを働かせるためには、理想や希望や夢などの目的・動機が必要である。

人間の偉大な事業のすべては、深い動機・情熱があってはじめて生まれる。おおよそ同じ体格をもち、同じ能力を有する若者たちのなかで、誰がスポーツで成功するか。それについての最も強い動機をもつ者である。その例はボクシングに見ることができる。チャンピオンは、社会の最下層、ゲットー、救済を渇望している人びとの地区から生まれる。

しかし、学問・科学においても、優れた発見は、研究者が目標に魅せられ、それに没頭専念し、他のことは考えないといった情況下ではじめてなされる。それは、外を見ようと懸命になって、現実の柵を揺り動かすようなものである。そうすると、ある時点で、柵は奇蹟のように開くのである。芸術家が、たとえ耐えがたいほどに苦しいものであっても、彼の感動をとことんまで生きることを受け入れるのでなければ、美術も音楽も詩も生まれないだろう。ダンテやシェークスピアが、彼らの胸に兆した定かならぬ模糊《もこ》とした感情を恐れたならば、『神曲』も大悲劇も書かれることはなかっただろう。

経済・社会・政治に関わる大きな企画においても、リーダーがその目標に魅了され、そのための手段となってはじめて成功が約束される。そういうときには、内面の炎が、相いれない思想や野心や恨みをもつ人びとをも同じ目標に向かって引率してゆく言葉・挙動、模範を彼に霊感のように与えるのである。生物はすべて、振動、屈性反応、環境変異、痙攣《けいれん》から成っている。そのために、柔軟であり、生きのびるのであり、適応するのであり、創造するのである。我われ人間は、進化の高い段階にある故に、とりわけそうなのであり、我われの使命を達成するためにこの属性を受け入れなければならないのである。

危機を受け入れる人

我われの生活のなかで、ふだんの自信が失われるときがある。そういうときには、何かを見失い、途方に暮れた気分になる。それまでは、たしかな思想・確信があったのである。いまは疑念でいっぱいである。自分の選択が正しかったのかどうかもいまや定かでない。自分の胸を誇りで満たしていた何かの業績も、いまは色あせて見える。まったく別の道が幻のように目の前に浮かびでる。自分が選ばなかった道、他の人びとが選んだ道、自分の道よりもそのほうがよかったのではないかといまは思われる。空しく苦労させた人物に対しては良心の咎めさえ覚える。

これは、危機、動揺、混迷、空白の時期である。それは抑うつ状態あるいは神経症のなせるわざだと言う人があるかもしれない。それをやりすごすには、バカンス、旅行、あるいは短期の治療で足りると。しかし、これは立ちむかったり避けたりする症例だろうか。そうするのではなく、それを受け入れ、それを体験し、それによってえられる教えを活用したほうがよくはないだろうか。

何かの課題に取り組んだときには、疑念にとらわれたり、自信を失ったりしてはいられない。目標をしかと見据え、それをいかにして達成するかということにだけ心を砕かなければならない。自分は正しい路線を歩んでいるのであり、必ず成功するのだと自分を得心させなければならない。他方、ある方法を実践して、成功を収めたときには、それを有効に役立て、同じ路線を継続する。もし、あるレストランで、客たちがある料理をことさらに評価するならば、料理人はその料理をつくりつづけるだろう。ある画家が自分のイメージを実現することができ、批評家にも好評を博すれば、彼は喜び勇んでその方法に没頭するだろう。ある理論を確立した科学者は、それに代わるものを見つけようなどとは考えずに、自分の出会うすべてのケースにそれを応用しようとするだろう。

しかしながら、時間の経過につれて、はじめは自分自身と自分の創造力を表現するための方法でありえたものが、しだいしだいに慣習となり定式となってゆく。

料理人は、機械的に同じ料理をつくることに慣れてゆく。もはや新しい料理に挑もうとはしない。画家は同じ技法をくり返し、自分を模倣する。科学者は、まるであらたな、説明のつかない現象に対しても同じ理論を応用しようとする。はじめは、彼のその理論は、認識のための手段であったが、いまでは現実を彼の目から遮《さえぎ》っている。我われがおこない、つくるすべての事物もはじめは世界をとらえるために、伸ばされた腕のようなものとして生まれる。しかし、これとても、果てしなくくり返されれば、空虚な儀式と化する。それはもはや我われ自身を表現せず、生命・生活とも関わることがない。

そうだからこそ、我われは周期的に危機に陥ることが必要なのである。ときにそれは何かの失敗の帰結のこともあり、あまりに長いあいだなおざりにされた現実が我われの慣習に加える痛撃の結果であることもある。しかし、別のときには、自身が硬直化し、あたかも死んだかのようになっていることに我われが気づいたために、危機が我われの内部で成熟することもある。そのときには、成功の頂点に達することができる。多くの作家・作者は、自分の傑作に満足できなかった。ウェルギリウスは文字どおりに『アエネーイス』を破棄しようと考えていた。

こういうときに、いままでとは異なる見地から世界を見、我われのおこなったことを超えることの必要が生じる。それは、新しさ、新鮮さ、再出発の必要ということであり、自己をふたたび表現するためには、我われがおのれを表現してきた方法の残存を捨て去らなければならないということである。危機は、再生と再建の作業の、否定的なかたちで現れる開始信号である。

精神生活面においては、この断絶――ここで我われは根元的な我われ自身、我われがおこなったこと、我われの望むことを検討に付することができる――のない真の進歩はない。

我われのもっているもの、我われの確信を破壊することによって、我われは、すべてをあらたに可能で考えうるものにする創造的混沌を創りだすのである。ここではじめて我われはあらためて転進することが可能になる。我われが身軽で、無心で、謙虚になったからである。

情熱的に夢見る人

強く望むこと、夢見ること、あるいは、挫折や失敗の危険を冒しても計画を立ててそれを実現しようとすること、それとも、現状に甘んじること、あきらめること——どれがいちばんよいのだろうか。激しい感動を経験し、そして歓喜あるいは絶望にも出会うか、それとも無関心、無感動になるのがよいのだろうか。情熱を受け入れ、誰かに傾倒するのがよいのか、それとも、用心深く自分のなかに閉じこもるのがよいのだろうか。美しいもの、調和、完全を求めて、世間の醜さをいとうべきか、それともすべてに慣れ、心を静かにして、卑俗を容認すべきか。

個々人も、民族も、文明も、宗教も、その青春期にはつねに前者を、つまり、欲求、情熱、危険な賭けを選ぶ。ホメーロスの英雄たちは、愛し、憎み、楽しみ、絶望し、戦いにも死にもつねに備えている。その後の哲学者たち、ストア学派、エピクロス派、懐疑派は、欲望と情熱を断つようにと教える。初期のキリスト教は、神の国の到来を熱烈に待望し、殉教も覚悟する。成熟したキリスト教は、宮廷風になり、外交的になる。

生誕期のすべての動き・運動は、無邪気な希望、激情、熱中、信頼に満ちみちているが、やがてしだいに理性的になり、慎重になってゆく。すべての企業もその初期には身が軽く冒険を好むが、やがて姿勢が硬直化する。けれども、もし、生きのび、継続することを望むならば、自分のなかに、新しくなり、青年に戻り、再出発する能力を見出さなければならない。

この理由から、私は欲求と情熱の重要性をつねに唱えてきた。というのは、それらがそれ自体で理想だからではなく、生命・生活の動的な要因だからである。情熱的に求めることがもはやできなくなった人物は、もはや何ひとつ実現することができない。夢見ることができなくなった社会は、惰性のなかで硬直し、崩壊する。それゆえに、完全をめざす熱烈な生活のための代償は、つねに危険と苦しみだということになる。

この危険と苦しみは、我われがこの完全さの何ほどかを実現していればいるほど、目標により近く迫っていればいるほど、いっそう大きいものになる。我われが自分の計画を達成しかけているときには、誰しもがきわめてもろく傷つきやすくなる。我われの前に超えがたい障害が立ちはだかり、我われがそれまでに成しとげた事業を打ち壊すのである。それは何かの病気か、事故か、経済事情の変動かもしれない。目標までの最後の何メートルかが最も困難である。精神力を最も必要とする困難である。最も大きく、最も困難な事業が、それよりもはるかに小さいことで打ち壊されるかもしれない。

高い完成度に達したものはすべて、まさにそのことの故に、野蛮な力の前によりもろくなる。こういうことがあるにもかかわらず、私は、二つの選択肢のなかでは、あきらめよりも情熱が、シニシズムよりも信念が、無関心より熱中がより望ましいと信じつづけている。野蛮人に打ち壊されるかもしれないとしても、美を創るほうが望ましい。これこそが文明の道であり、価値である。けっして屈伏してはならず、再開し、つねに戦わなければならない。

先入観にとらわれない人

ある画家が、子供のときのある体験を語ってくれたことがある。美術学校に合格するためには、肖像画を上手に描けなければならなかった。彼はそのための準備をし、有名な先生についたり本を参考にするなどして長いこと勉強をし、解剖学や目や口の描き方なども一応学んだ。しかしあるとき、目の前にある顔よりも図式的なスケッチを自分がそうと知らずに優先させていることに気がついて愕然とした。

本当の肖像を描くためには、それらの〝フィルター〟から自由になり、〝裸の心になり〟、現実をあるがままに直視し、対象の形を尊重しなければならないのであった。だめな肖像画家は、すでに自分の心にあるものをいつも描く。そのため、彼の肖像画はどれも似ているということになる。これに反して、優れた画家は、それぞれの対象の特性をつかみとる。

我われはふつう、図式や習慣や人から聞いたことなどで生活している。ドイツの科学者クーンによれば、科学においても同様で、科学者たちは〝パラダイム〟と呼ばれる中心的な概念の内部で動いているのだという。たとえば中世においては、地球が宇宙の中心に位置しているとする説に異を唱える者は誰もいなかった。パラダイムは説明のための認識体系であるが、同時に一つの図式でもある。それを打ち消す事象が現れると、脇へのけられることになる。転換は、パラダイムに依《よ》ることなく世界を見ることができ、支配的な思想から解放され、自分自身からさえも距離を置くような人物を介しておこなわれる。地球上に降りたつ火星人のような、あるいは幼児のような人物の手で。ブレヒトはこの体験を〝距離設定〟と呼んでいる。

それ故に、多くの偉大な発見は、既成知識についてはかなり欠けるところがありながら、自分の師たちのような心的障害とは無縁であったアインシュタインやマルコーニのような青年によって成されたのである。あるいは、他の学説に依っていたディレッタントによって。現代統計学は、数学にはあまり通じていなかった遺伝学者ロナルド・フィッシャーによって生みだされたのである。

政治の世界でも同じことが起こる。イタリア政治の大いなる転換は、主流的な政治論理から距離を置くことのできた人びとによって引き起こされたのである。ボッシが、北部の人びとの無数の抗議の声が何を求めているかを理解したのは、フィルターや目隠しやおきまりの反対スローガンなしに、それらの声に耳を傾けたからである。彼が悟ったのは、社会を支配し搾取しているすべての政党が、一つの例外もなく、ローマにあらゆる権力と資力を集中することでは本質的に一致していて、ことがすめば分裂するということであった。したがって、寄生的なこの機構を破壊するには、中央集権的国家をたたくことが必要であった。こうして、〝泥棒ローマ〟なる呼称と、連邦国家の提唱が生まれたのである。

もう一人の優れた改革者であるセーニも、打開策を見出すために、ありきたりの思考方式と彼の党から〝距離を置き〟、くもりのない新しい目で世界を見なければならなかった。こうして彼が理解したのは、いかなる改革提案であれ、これを受け入れるには、政党支配体制はその利権のなかにあまりにぬくぬくと生きているということであった。提案は果てしなく延期されるだろうと思われた。既存体制の廃止をめざす国民投票に訴えるほかなかった。しかし、体制全体が依拠している根幹をたたくことが必要であった。では、根幹を成しているのは何か。各政党によって準備されるリストにもとづく投票である。アングロサクソン型の単記投票方式に移行することが必要であった。要は市民に権力を取りもどし、市民の頭と判断でそれを選択させることであった。

実際には、あらゆる人間は、その判断の独立性を保とうとするならば、少なくともときどき、自分の慣習と先入観から距離を置くことができなければならない。そうしてはじめて、誰も口にしない真実を見てとり、誰も考えないことを発見することができる。

正体を見破る人

ミラノのドゥオーモ広場へ立ち寄ったときに、ドイツ人のよた者風の若者の群れをときどき見かけたが、この連中が、まもなく混乱を引き起こしたのである。彼らが愚連隊であることは一見してわかった。外見、服装、歩き方からそれはわかった。窮屈なジーンズをまとい、肩から腕をむきだしにし、髪を染め、酒瓶を手にぶら下げ、ねめつけるような目付きで、人びとを怯えさせた。けれども一瞬私が自問したのは、案外彼らは誇張しているのではないか、人びとは彼らの外見に惑わされているのではないか、ということであった。彼らも実は気弱な若者なのだ、ちょっと我われと違うだけなのだ、と私は内心でひとりごちた。

ところが、それからほどなく、騒動がもちあがった。彼らの振る舞いはたんなる演出でも芝居でもなく、何でもしてのける本物の攻撃性を秘めたものだったのである。ミラノの都心には、土曜日、日曜日ともなると、暴力をひけらかすかのような飾り鋲《びょう》でいっぱいのジャケットを着こんだ若者たちがいつもうろついている。しかし、すぐに、彼らの和やかそうな挙動や眼差しを見て、その印象が誤りであったことに人びとは気づく。ところが、ドイツの若者たちはそうではなかった。外見、風態は、その中身、破壊の欲求に完全に合致していたのである。

外見は欺かない。あるいは、うかつな目だけを、欺かれたがっている目だけを欺く。好意的に、寛大に彼らを見た私の目のような。

けれども、別様に考える人びとも数多くいる。昔の諺《ことわざ》は、僧衣を着せても僧はできない、と言っている。〝心像〟、人びとが自分でつくりあげる〝心像〟のこともつねに口にされる。あるいは、我われはテロリストを考える。上品な服装をし、丁重な、文字どおり優雅な身ごなしをする。それは見せかけなのだ。外見と中身はいつも一致しないはずではなかったか。外見と中身が一致しないことの、それは例証ではなかったか。

そうではない。外見と中身の関係は、偽れるとしても、いっときのこと、部分的なことだと言っているだけなのである。テロリストはいっときだけ、ことが公けになるまで上品さを演出していたのである。舞台で台詞《せりふ》を語る俳優のように。あとですぐに、仲間に混じると、本来の彼自身に戻っていくのだ。自分の衣服に着替え、自分の言葉づかい、挙動に立ち返るのだ。本物の彼、実物の彼に戻ったのである。

しかし、はじめのときでも、彼が装っていたときでも、目の鋭い人なら、彼の正体を見破っていただろう。彼としばしば会うことで、彼とじっくり話すことで、熱の入った討論に彼を引き入れることで。自分の正体を現してしまう危険を知っているから、テロリストは接触を避けたがり、あまり話さず、新聞の陰に顔を隠す。

俳優は、一つの簡単な所作を身につけるのにどのくらいの時間が必要かをよくよく知っている。たとえば、足が不自由で、せむしで、腹黒く、攻撃的なリチャード三世を演じるのがどんなにむずかしいかを。鏡の前で、監督の厳しい目の前で、稽古《けいこ》をくり返さなければならない。

我われは、外見と中身が密接に対応していることを本能的に知っている。自分らの指導者を判断するに際して、我われは彼の着こなしがスマートかどうかしか見ないだろうか。入ってきたときの挨拶の仕方が感じがよいかどうかだけしか見ないだろうか。いや、我われはそれよりずっと要求が多い。彼を毎日観察し、彼が問題をどのように解決するか、困難にどのように対処するか、緊張したとき、疲れたときにどのように振る舞うかを知ろうとする。仲間同士は、事務所で長時間いっしょにいるからこそ、ひじょうによく、おそらく家族以上に知りあうことができるにちがいない。

多くの母親は、自分の息子が何か悪い所業をしたと知ったときに、驚きうろたえる。息子の説明を聞こうともしない。息子のことは心の底までわかっていると思っているからだ。ところが、母親が知っているのは、家庭での息子の演技だけなのである。早口でのほんの短い会話、頬へのキス、そして出かけてゆく。

しかし、別の動機もある。母親は、本当はどうなのかを知ろうと欲せず、自分のもとに届く小さいシグナルを読みとろうともしない。すべてを自分に都合のよいように解釈し、たかをくくる。しかしこれは、我われ誰しもが、自分の社会関係のなかで、いくぶんは同じようにしていることである。我われは、他人の振る舞いの、愉快でない、攻撃的な意味について、ほとんどの場合気づいている。しかし、それに気づかないふりをし、儀礼上、何事もないような顔をしている。

私がドイツ人の愚連隊を見てとった態度と同じである。そうすることで、我われはしばしば誤るのである。

第一印象で見抜く人

誰かに会うか、ある環境に入るかして、我われが抱く印象は、肯定的であるか否定的であるかのどちらかである。とっさのこの印象を我われは根拠のないものと考えるが、それはこの印象が、何も考えない前、相手を実際に識《し》るより前のものだからである。一般に、この印象は、出会い自体よりもより生彩があり、より重要である。パーティで紹介された人物については、一般に我われはくわしい判断はしない。誰でもがパーティの席では、その場かぎりの、ことさらに不自然な接触をする。誰もが他の人びとすべてに対して演技をし、入念につくりたてた、つるりとした仮面のような顔を見せる。ところが、相手を必要とするとき、何かの仕事をいっしょにおこない、ある事業を共同して遂行しなければならないようなことになったときには、我われの心は相手への第一印象によってすっかり染まっている。そこで、感情や先入観によって心を乱されることなく、相手を〝客観的に〟判断・評価できるようにと、その印象を懸命に消し去ろうとする。

この点について、男性は女性よりも理性的だと主張し、より客観的であろうと努める。そして、おそらくは無意味なことで抱いた好感または反感にあまりにあっさりと心をゆだねてしまうとして女性を非難する。男性、とりわけ指導的な立場にある人びとは、自分の判断を、時間と客観的試練にゆだねる。〝奴はあまりに卑屈な物腰である〟とか、〝ずるそうな目付きをしている〟とか、〝退屈な話し方で不愉快になる〟とかいったことを理由にして誰かの生命に関わるような決定などは、彼らはけっしておこなわないであろう。それにも関わらず、何年かすると、ひじょうに理性的な支配人でも、きわめて慎重な政治家でさえも、はじめて会ったときにひどく失望させられたある人物のことを考えるとき、はっきりとした警戒を覚えたことを思い出すことがしばしばある。

心理学者は、こういう想起を、ア・ポステリオリな正当化として説明しようとすることが多い。失望させられたために、我われの心は、その人物の過去の微妙な行動のなかに、彼の今後の行動の徴候を見ようとする。もしもすべてが順調に運んでいたのだったら、この徴候も逆の意味に解釈されていただろう。

記憶ほど当てにならないものはない、といわれる。我われは、自分の現在の行動に役立つかあるいはそれを正当化してくれることだけを思い出すのである。誰か友人と絶交したときには、相手の信じられないほどの悪意の数かずを思い出される。離婚するときの夫婦のように。それまでの生活は、思い出すのも恥ずかしいほど、耐えがたいものになる。二人は、過去の不愉快なことだけを思い出し、ともに味わった楽しみや幸せは忘れてしまうのだから。

しかし、記憶が過去を変えてしまうことはできない。思い出したり、忘れたりすることはできるが、憶えていることを変えることはできない。別れた恋人同士が過去のなかに見つけだす否定面は、はじめからあったのであり、それをはじめから見ていたのだが、恋と喜びに席を空《あ》けるためにそれを心から斥《しりぞ》けていたのである。理性だけが解釈することができ、それらの行為に別の意味を与えることができる。理性だけが、デフォルメし、カムフラージュし、仮面をつくり、欺くことができる。

我われは、理性によってつくられた手ごろな仮面をかぶって他人の前に出る。

我われの演技は、相手が重要な人物であればあるほど、そして我われがその人物をよく識っていればいるほど、入念になり、成功するようになる。ところが、ここで奇妙なことが起こる。はじめて会った人物よりも、ずっと以前から識りあっている人物のほうがはるかに欺きやすいということである。

はじめての出会いのときには、準備をしていない。相手について何も知っていない。自分をよく思われようとする。しかし、どうやって？　気がきいているように、それとも思慮深げに、あるいは愉快そうに、それともまじめそうに、内気そうに、あるいは自信ありげに振る舞ったものか。初対面のときには、それまでにも使ったレパートリーの一つを、あまり確信もなしに使う。まことにもろい柵であり、頼りない仮面である。鋭い視線は、それを貫くだろうし、我われがすべての人に隠してきて、自分でもそれまで忘れていたいくつかの側面を見抜くはずである。

すべての人間は、相手の心理を即座に見抜く能力をそなえている。我われは、色彩を見分けることや音調を聴き分けるのと同じ確かさでもって、他の人間の内面を見てとる。仮面によって欺かれないならば、何かのしぐさの意味の判断を誤ることはない。微笑は喜びであり、逃げるような眼差しは不信であり、無礼な態度は暴力であり、無関心は興味の欠如であり、わからないのは鈍感であり、いつでも応諾するのは弱さである。取るという行為は渇望を、吝嗇《りんしょく》を内に秘めた情念を意味し、気づかわしげな視線は嫉妬を、悪意をこめた眼差しは羨望を意味している。初対面では、すべてが水のように透明である。第一印象とは、我われの対面者の心の深奥の、超高感度フィルムで撮られた写真である。

それを読みとくのは容易ではない。我われは、他の側面ではなくある一つの側面を選ぶように理性によって指令される。もし、関係を続けることに興味があれば、なんとなく不安を覚えるような記憶は消し去ることにする。同時に、こちらを識りはじめた相手は、我われ用の尺度にもとづく行動をも企てはじめている。我われに好感を与えるために、我われを喜ばすために、あるいは我われを欺くために。時とともに、両者とも自分のシナリオを唱えることを覚え、もし、共にいることに強い興味を抱くならば、不快な面、苦い記憶は斥けることさえできる。こうして、並んで、長時間でもいっしょに歩くことができるようになり、第一印象は忘れ去られる。

けれども、何かの危機が生じると、両者とも仮面と妥協をかなぐり捨てる。そして、このとき、第一印象の古いイメージがもとのままで浮かびでる。それがふたたび浮かびでるのは、いまならそれを思い出すことができるからである。そして、相手ははじめと同じでありつねに同じであったし、中断のあいだにもまったく変わらなかったことも事実なのである。我われが味わう思い違いまたは錯誤の体験は、もっともではあるけれども、しばしば誇大である。我われは忘却の共犯だったのである。

報いを求めない人

どうして我われは、善良で、公正で、寛大で、熱心でなければならないのだろうか。どうして我われは、隣人を愛し、自分の金銭を投じ、力を尽くさなければならないのか。それによって、何か利得をえられるのだろうか。何か報いられるのだろうか。

唯一正直な答えは、否である。それらの徳もしくは価値が報いられるなどとはかぎらないし、優れたものがそれにふさわしい評価を受けるともかぎらない。鷹揚《おうよう》な人はエゴイストにつけ入られるし、信じやすい人は泥棒に盗まれるし、温和な人は狭量な人に沈黙を強いられる。何かを贈った人は、それに見合う返礼を受けない。世界から天然痘をなくしたジェンナーは、つらい環境のなかで死んだ。近代化学の父、ラヴォワジェは、フランス革命によって首を刎《は》ねられた。産褥熱《さんじょくねつ》による死から女たちを救ったゼンメルヴァイスは狂気に追いやられた。

これらは過去のことだろうか。とんでもない！　政治では、人を見下すような人物が尊敬されるし、テレビでは、面白いだけの人間が珍重され、討論では、自説を強引に押し通す人が勝つ。異常に優れた人物が現れると、凡庸な連中は、妬ましさから、彼を滅ぼしてしまう。内心でその人物の大きさを知れば知るほど、彼を誹謗、中傷する。

自分の仕事で、能力のかぎりを尽くし、苦難に耐えて大いに努力をするということがあなたにもあるだろう。やがて、素晴らしいことを達成したときに、あなたは、承認や感謝のかわりに、軽侮の視線と皮肉なあしらいに接するだろう。そういう世間の態度の陰に、あなたが立派なことをしたというそのことによって生じた人びとの怨念を感じるだろう。

同じ問いをくり返そう。なぜ、善良でなければならないのか。これは、聖書のなかでもタルムード（ユダヤ律法とその解説を集大成したもの）のなかでも鳴り響いている、同じ恐るべき問いかけである。なぜに——とヘブライ人たちは問いかけている——温和で、国の法律とモーセの律法に従う我われが、暴虐な人びとによって圧迫されるのか。なぜに、正しい者が苦しみ、神を敬わない者が安穏でいられるのか。そして彼らは、宗教への信仰のなかに答えを見出す。神は、最後には、正義にもとづき、善き者を賞《め》で、悪しき者を罰するであろう、と。

しかし、今日、我われであったら、どういう回答をすればよいのか。それぞれの時代が同じ問いをくり返し、同じ答えに接している。地獄も天国も信じない、覚めた我われの時代においては、合理的な説明でもって、善良であることを示し、その科学的な例証をしなければならない。しかし、善良であることを例証するいかなる損益計算表もありはしない。〝なんの得にもならない〟。それでは、なぜそうでなければならないのか。

唯一の答えは次のようなものである。我われは天性、誰かによいことをしたいからである。息子に、友人たちに、都市に、自然に、出会う人に善行を施したいからである。もし、生得の、自由な、動機のない、無償の、この〝よいことをしたい〟という意思がないならば、我われの人間性、我われの自由からじかに生じるこの天性の資質は、いささかも道徳にかなうものではありえない。

人類の進歩が生じるのも、各人が贈り、与えることができればこそである。世界の徳性のすべては、利己的な打算ではなく、人間を創造し、より多くのことをし、奪うのではなくより多く与えるように導く原初的活力に由来する。これを本能だという人があるかもしれない。しかしその本能は、自然が自分自身に、その法則に、まったくの生存のための闘争に、個人的・集団的エゴイズムに対抗するように導く本能である。彼方、彼岸にまで行くということであり、自己を超越することである。これこそは、ジェンナーやゼンメルヴァイス、その他、働くことに、創造することにその生命を費やした何百万という人びとが実践したことである。

ヘブライのある伝説の伝えるところでは、三十六名の、正しく、謙虚で、知られざる人びとが、世界を破壊しかねない悪に拮抗《きっこう》しているからこそ、世界は存在しているという。ここには深い真実がある。幸いなことに、正義の士は数多くいる、きわめて数多くいる。

高貴な魂をもつ人

家庭、職場、友人間、さらには新聞、テレビなどでさえ、その日常会話において、我われは、一人の人物の精神的・道徳的資質をも表現しえないような、ますます貧しくなった言葉を用いる傾向にある。そして、それらを言葉にしえないときには、それを見ることとさえ止めようとする。失われたこの能力を回復するには、テンポを緩め、古い言葉をもう一度呼びもどすことが必要である。

こういう発掘を試みてみよう。〝高貴な魂〟のような古い表現の何かを用いてみよう。まだ使えるだろうか。高貴な魂の人びとが今日でもいるのだろうか。そういう人びとを見つけだし、さもしい心の人びとから区別し、それを描写してみよう。

自分のなかに閉じこもらない人物、自分の自我、自分の利害だけに心を労するのではなく、他人のことにも思いを傾け、他人の要求にも関心を向けるための内的な活力と豊かな心をもった人は、高貴な魂の持ち主である。つまりは、自分を労し、自分を与える人である。したがって、心の寛《ひろ》い人である。しかし、そのほかにも何かが必要である。善良で正直な心をもちながら、精神の地平がかぎられた人がいる。そういう人びとは、自分の政党が最良であり、自分の宗派が最良であると信じこんでおり、何がよくて何が悪いかをいつも知ろうとしている。実際には、そういう人は一面的な自分の観点から出ることができない。

これと反対に、知的に寛容で、心が開かれていて、自分の世界においても他人の観点を理解し、自分の観点をも他人の観点と同様に相対的に見られる人がいる。高貴な魂の人は、自分を過大に評価することなどなく、学ぶことを知っており、謙虚である。

貧しくさもしい心の人は、もっぱら自分の目的だけに目を据《す》えている。自分に有益なものを、公正・正義と混同している。誰かがその欲求を妨げたりすれば、その人を憎み、罵り、中傷し、その人に対してどんな不当なことでもしかねない。高貴な魂は、目的達成に努めるが、相手方を憎んだりはしない。むしろ、相手を尊敬し、その価値と尊厳を認める。闘いが終われば、怒りを忘れ、胸中に復讐の念など宿さず、許す。

高慢と品格はしばしば混同される。高慢とは、他の人びとの上に自分を置くことである。品格とは、ある資質には価値があること、それは守られなければならないことを知っていることである。品格をもつ人は、卑劣な行為に手を染めるまでに身を落とすようなことはない。さらに、他の人びとがそういうことをさせられたり、侮辱されたりということにも耐えられない。私はここでいま、汚辱、憎悪、暴行のあいだで怯えながら心揺れる、不安定な、ドストエフスキーの何人かの人物に思いを向けている。ソビエト連邦の歴史は、そういう人物たちがどんな誤りを創りだすものかを例証した。

高貴な魂の持ち主は、その周囲に自由な人びとを求める。そして、自分の計画・企画をはっきりと提示し、異議や苦情があればそれに謙虚に耳を傾ける。他の人びとを刺激し、説得し、導きながら、コンセンサスをもって関係を保ってゆく。自分の周囲に、信頼の空気をつくりだす。策略や奸計《かんけい》を案ずる人はいない。万事のルールが明確で、彼が真っ先にそれを守るからである。態度の悪い人物のことは咎め、立派な振る舞いの人についてはこれを報奨することも心得ている。これらのことをきちんとおこなうには、内面の均衡、内心の調和として現れる訓練と規律が必要とされる。

高貴な魂は、たとえば孤独のおりに、逆境や不遇に抵抗することのできる精神的な勇気、執念をも、誘惑に屈しない力をも、その心に抱き寄せる。ここで我われは、この種の人物が実際に存在するのか、それとも、汚辱もなく恐れも知らない騎士の神話に属するのかと自問することもできる。幸いなことに、そういう人びとは存在するし、しかも社会のすべてのレベルに見られるのである。より多くの権力と競合のある上層にさえも。くもりのない目で世界を見るならば、それを確認することができる。我われの生活が快適でいられるのも、彼らのおかげである。

何が善かを知る人

近代社会の黎明期にあって、ルターは、もし我われが何かの損害を避けるためとか利得を手にするために何かの行為をするのであれば、それには道徳的価値はないと述べた。地獄を恐れて、あるいは天国を求めて善をおこなうのは道徳的ではない。

宗教的戒律が衰えたときに、カントはそれを現状の戒律に置きかえた。カントにとっても同様に、行為は、それが何かの利益を求めるとか罰を恐れるとかの契機でおこなわれるのでない場合にはじめて道徳的価値をもちうるものである。道徳的人間は、純粋な義務感にもとづいて行動する。道徳律を、つねに、いたるところで、その胸中に抱いている。外部からの監視や裁判官や警官を必要としない。言いわけや弁解で身を守ろうとしない。

道徳的至上命令は言う、「いかなる行為であれ、何かの行為をなすときには、普遍的法則に高めたいと願う規準にもとづいてつねにそれをおこなうのでなければならない。誰しもが、つねに、いたるところで用いてくれるところのものでなければならない。いかなるものであれ、それがひとたび定められれば、徹底してそれを遵守《じゅんしゅ》しなければならない」

人に真実を語ることを求めるならば、自分が真実を語るべきである。人が税を払うことを望むならば、自分が最後の一文までも申告すべきである。人に制限速度を守らせたいならば、自分で守らなければならない。

道徳が与えるのは、権利ではなく義務のみである。あれやこれやを求めるために道徳に頼ることはできない。〝しかし、誰もがやっている〟という類いの弁解は絶対に認められない。道徳は他人には何事をも課さず、他人については語らない。つねに当の君にのみ義務を課し、君が何を為すべきかを語る。

何が善行であるかを知ることと、それをすることとのあいだの関連は厳正なものである。これは、我われイタリア人にとっていささか縁の薄いことである。ヘーゲルもそのことを言っている。イタリア人は普遍を知っているが、それを尊重しない、と。

運転者は、誰もが制限速度を守らなければならないと言いながら、自分は時速一八〇キロで疾走する。学生は教師が不公正だと唱えながら、自分は友人の答案を写しとる。商人は、人びとが税をきちんと払わないとぐちりながら、自身は付加価値税を払うまいとする。政治家は、政敵がうそをつくと非難するが、自分は平気で虚言を口にする。

裏返しの、偽善的なこの道徳観は、いわばリズムである。道徳家は、モリエールのタルテュッフのように、このうえなく正直な高徳者を装いながら、自分はしたいことをする。権利、義務、善、悪、正、不正といった道徳的な言葉をつねに口にする。けれども、福音書の中の寓話のように、他人の小さい欠点は見てとるが、自分の大きい欠点には気づかない。

徳性に特有の感情は、義務感、罪悪感、悔恨、呵責の念である。これと反対に、道徳家は、非難し、立腹し、抗議し、攻撃し、正義を要求し、見せしめの処罰を求め、つねに他人を監視しているが、自分には目を向けない。

公正のような普遍的な徳性を内面化したことは、ヨーロッパ文明の最大の成果の一つである。それによって、かたちをなした法令も、監視する警察もないときであっても、人間間の良好な関係が可能になっている。それは、市場の信用と機能の基礎である。政治的誠実にとっての唯一の基盤である。

つねに善意をもてる人

ある有名な金言によれば、〝人間は、悪を与えられればそれを大理石に刻むが、善を与えられれば埃に刻む〟という。これは、人間の心の暗い側面の一つ、我われの心情の邪《よこしま》な特性の一つ、即ち、原罪の痕跡ででもあるかのような我われが自分の内にもっている何かを語るものである。

これは、新聞・テレビといったマスメディアのなかに毎日でも見てとることができる。書かれていることのすべてを一語一語入念に読み、語られている言葉を丹念に吟味すれば、称賛の言葉や感嘆・感謝の表現がごく少ないことに気づくはずである。こういうことは芸術の分野でも例外ではなく、地位の確立しているはずの作家にも見られる。しかし、この狭い分野は除くとしても、とりわけめだつのは、批判、非難、反感である。新聞や雑誌の記事には、叱責・攻撃が滲みでている。しかし、非難され、攻撃されるその人物が過去におこなった優れた業績についてては、触れられない、まったく触れられない。イギリスと全ヨーロッパをナチズムに対する勝利に導いたチャーチルや、フランスを内戦から救ったドゴールについてさえも例外ではない。ウォーターゲート事件のときに、アメリカ人たちは、ニクソンがベトナムの悲劇からアメリカを救った功績を、ほんの一瞬たりとも認めなかった。それをはじめて認めたのは、ニクソンの死後である。

最後の審判の日に神は天秤を使うといわれる。いっぽうの皿には、それぞれの人間の功を載せ、もういっぽうの皿には罪を載せる。ところが、我われの秤には細工が施されていて、ほんの僅かな重み、一片の埃が加えられただけでも、悪の側へ、しかも永久に傾いてしまうようになっている。

日常生活で自分がどのように振る舞ったかを考えてみよう。何年ものあいだ、我われは取引を続け、万事順調にいって、家に衣食を運ぶこともできた。うちとけて、長時間おしゃべりもした。そのあと、ささいなこと、ちょっとした勘定の間違いか何かの勘違いが原因で相手とのあいだにトラブルが生じ、言い争って、はては席を蹴って立ち、そのまま別れるはめになった。互いに我慢がならず、取引もやめた。いまになって思い返しても、怒りが胸の奥で湧きあがるのを覚える。

こういうことが起こったのは、関係が取引にもとづいた表面的なものだったからだろうか。応待のよいことを期待してどこかの店へ行く。仕事ぶりのよいことを期待して誰か職人に仕事を頼む。彼らとはそれ以上の関係はない。我われは、長年続いた深い友情や愛情に関わる場合でも同じように対応する。しばしば、ちょっとした目付き、無理解、あるいは、夫か妻の機転のきかなさがきっかけで、軋轢《あつれき》が生じ、収拾のつかない事態に立ちいたることがある。そして、過去は帳消しになり、惨憺たる結果になったりもする。恋人同士の衝突や離婚の場合には？相手から与えられた幸せ、分かちあった喜びも、すべて煙のように消え失せる。

思い出も、果てしのない記憶喪失の中で、人生の半ばをむしばむ地獄と化する。

思い出されるのは過ちばかりである。しかもそれは拡大され、消しようのない文字となって大理石に刻みこまれる。そして、プラスの部分をほんの少しでも回復しようとし、体験の残りの部分からそれを分離しようと試みると、思わぬ苦渋を味わうことになる。なぜなら、誤った振る舞いや毒をはらんだ言葉が胸中に行列をつくることになるからである。そういうとき、いささか狼狽《ろうばい》しながら、我われは、そういう記憶の抗しがたい力、心の邪悪なメカニズムをなんと呼ぶべきかと自問する。

かつて、倫理神学はそれを知っていた。それは怒りであり、怒りの最大の悪徳であり、赦しの正反対のものである。赦しにあっては、現在、いまの善意は過去をおのずと明るく照らしだす。怒りにおいては、現在、いまの悪意は過去をゆがめ、醜くする。では、公正・正義は？　それは関係しない。公正・正義はアリバイである。それは、その陰で我われが自分の攻撃的情念を合理化し、自分を高貴で文明的だと感じる大きな傘である。

自分の過ちに気づく人

ドイツ文学者クラウディオ・マグリスは、数年前に書いた見事な論文のなかで、ファウストとメフィストフェレスの協定は今日ではもはや意味をもちえないはずだという見解を述べた。絶対的な価値、確かなものがいまや存在しないから、というのがその理由である。一方に善、他方に悪というような、明確な境界はないというのである。

しかしながら、よく考えてみると、我われの日常の生活にあっては、悪魔との協定をも考えなければならないときがあることに気づかされる。即ち、我われの魂、我われの完全さを、きわめて大きい利益、我われが強く欲している何かと交換しようとかというような思いの動くときである。それが、自分の党の躍進であったり、自分の立場・大義の勝利だったりすることもある。

ここで私が思い浮かべるのは、いまや古い映画、「ニュールンベルグ裁判」なのだが、この映画では、スペンサー・トレーシーが、ニュールンベルグ裁判でアメリカの判事を演じている。被告はドイツの司法高官で、迫害される人びとを懸命に救おうと努めた清廉このうえない人物である。しかし、ナチズムの初期にあって彼はユダヤ人に対する最初の偽りの裁判を演じることに力を尽くした。被告が自己弁護のために、強制収容所についても、そこでの死者についても何一つ知らなかったし、想像することすらできなかったと述べると、アメリカの老判事はそれに対して言う。「いや、あなたは一人の人間を無実と知りながら有罪としたその日に、そのことを想像できたはずだ」と。それこそは、被告にとって、悪魔との協定だったのである。

断っておかなければならないが、誰しも、誤って、あるいは浅はかさから、自分の真の内心からの使命に反する、誤った道を選ぶということはありうる。しかし、そのあとすぐに、疑念にとらわれ、それに気づき、自分の過ちを正すものである。決定的な時点においては、しかじかの選択が重大な結果を招くだろうことを我われは知っている。一貫性を失わず、徹底して勇気を保たなければならないことも、しかし実際には、譲歩・屈服していることも知っている。より容易で好都合であるためにその道を選んでいることも。あるいは、野心、渇望、ご都合主義のために。はじめは、そのことを自覚しているが、やがてそれの虜となり、そこから離脱できなくなる。

はじめ、道徳上の問題は、それが真の道徳上の問題であり、まやかしでないならば、常にジレンマとして現れる。一方に善があり、他方に悪があるというふうではない。ともに善であり、ともに重要と思える二つのものの二者択一であるのが常である。我われが自由な精神をもち、自分自身に対してほんとうに誠実である場合にのみ、最も真実で最も正しいと思うものをつかみとる力をもつことができよう。

何か狂信的なイデオロギー・思想への加担は、つねに、精神的・知的な弱さに発する行為とともにはじまる。そこには、ある程度の自己欺瞞がつねに含まれている。ナチスはユダヤ人に対する自分たちの憎悪に満足だった。強制収容所の存在を知らずにいることもできたかもしれないが、知ったとしても、それを容認したであろう。コミュニストは当初から暴力と革命の道を選んだ。スターリンが数百万の人間を虐殺したと知っていたとしても、それを正当化しただろう。

イタリアの政治腐敗も、悪魔との協定であった。我が国の政治家の多くも、正義、刷新、公正、廉潔といった理念はもっていた。しかし、ほかならぬその理念実現のためには違法の資金を使うことが不可欠であり、他に方法はないと思いこんだときがあった。だが、いかなる他の道もほんとうになかったのか？　それは明らかに、あった。ただし、それを求めるのはより困難で労苦が大きかった。悪の道は容易なのである。

訳者あとがき

本書は、フランチェスコ・アルベローニ著“L'OTTIMISMO”（オプティミズム）の翻訳である。

アルベローニはイタリアの社会学者であるが、専門の社会学のほかに、哲学、宗教、文学等にもわたる広い教養の持ち主である。著作の数も多く、そのなかの『恋愛論』『エロティシズム』『友情論』『新・恋愛論』などが邦訳されていて、好評を博したと聞いている。

本書は約六十篇のエッセイからなっていて、その目次を見るだけで内容のあらましについての見当はつくと思われるので、訳者としては簡単な一文を添えるだけにしたい。

たんに博識であるだけでなく、人生の機微に通じた社会学者である著者が、イタリアの代表的な新聞である「コッリエーレ・デッラ・セーラ」紙に、さながら連載小説のように書き続けたエッセイを一本にしたのが本書である。

今日という時代は、絶対的な価値基準が失われ、宗教の権威も定かでなく、政治はさながら汚辱の象徴かとも見え、善と悪の境もかすんで、現代人とすれば、羅針盤を失ったまま海洋を漂う船に身をゆだねているような、生きるに心もとない、不安な時代である。ことは、社会にあっても家庭にあっても、勤務先にあっても学校にあっても同じである。隣人に対し、友人に対し、上司に対し、同僚に対し、あるいは肉親や恋人に対しても、どのように振る舞うべきかのマニュアルが我われには与えられていない。どういう人物を友人とし仲間とすべきか、どういう人物を信頼し、どういう人物を敬遠し、警戒すべきかについても、その基準・尺度を我われは知らない。誰にとっても不安で、心もとない、生きるに難い時代だといえる。

こういう時代に生きる我われに対して、本書はまさに格好の指針を提供してくれる。というより、我われの身に寄り添って、ともに悩み、ともに考え、有益な意見や助言を述べてくれる師か友人のような著作である。

何か不安を抱くとき、友人との確執に悩むとき、学校や勤務先での人間関係の煩瑣《はんさ》に疲れたとき、企業人としてどのように生き、振る舞うべきかに迷うとき、本書を手にして目次を眺め、任意の一章に目を通していただきたい。必ずしもそこに嬉しい言葉や、慰めと励ましの言葉があるとはかぎらない。しかし、少なくともそこに、一つの理解、人生・人情の機微に通じた著者の言葉を介して伝えられる理解がえられるはずである。そして理解はすでに打開への、前進への大きな可能性であることはいうまでもない。

本書の原題は「オプティミズム」となっているが、ことさらにオプティミズムの書ではない。ときにはペシミズムの翳《かげ》りさえ見せる。というより、人間、人生、社会の諸相を語るモラリスト（人間探究家）の書というのがより正確である。にもかかわらず「オプティミズム」のタイトルをあえて掲げたのは、結局のところ、人生はオプティミズムをもって対することができるという、著者の自信の表白であり、読者へのアピールであるのかもしれない。

日本語版では、鋭い洞察でさまざまな人間の本質に迫った書として、あえて表題を変えさせていただいた。

一九九七年夏　　訳　者

文庫化に際して、全篇に目を通し、表現の熟さないところについては適宜添削するなどをした。本書がかつて刊行されたときに、幸いに多くの読者から迎えられたのも、その説くところが人びとの心をつかんだからであったに違いない。その説くところは少しも古くなっていない。新たな、若い読者の心をもつかむだろうことを願うものである。

二〇一〇年十二月

訳　者